あきない世傳 金と銀（十）

合流篇

高田 郁

角川春樹事務所

本書は時代小説文庫（ハルキ文庫）の書き下ろし作品です。

目次

《江戸》
金龍山浅草寺
東本願寺
上野
不忍池
五鈴屋江戸本店
(田原町)
隅田川(大川)
浅草御蔵
神田川
浅草御門
元飯田町
俎橋
神田
両国橋
江戸橋
堺町
新大橋
御城
(江戸城)
日本橋
日本橋
近江屋江戸店
(坂本町)
楓川
永代橋
掛川
日坂
東海道
沼津
箱根
小田原
川崎
品川
日本橋

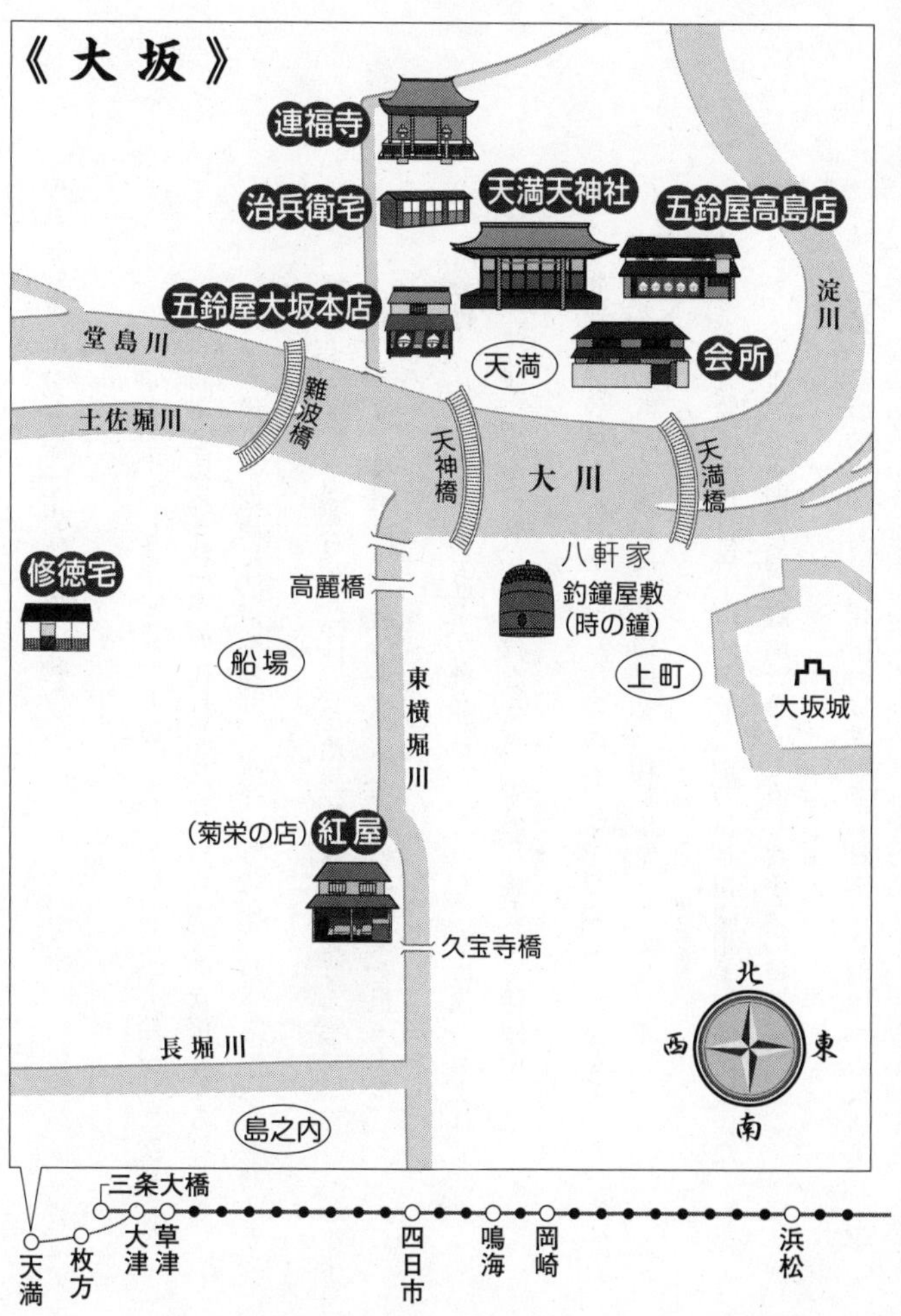
《大坂》
連福寺
治兵衛宅
天満天神社
五鈴屋高島店
五鈴屋大坂本店
淀川
堂島川
天満
会所
土佐堀川
難波橋
天神橋
大川
天満橋
八軒家
修徳宅
高麗橋
釣鐘屋敷
(時の鐘)
船場
上町
東横堀川
大坂城
(菊栄の店)紅屋
久宝寺橋
北
西
東
南
長堀川
島之内
三条大橋
天満
枚方
大津
草津
四日市
鳴海
岡崎
浜松

地図・河合理佳

「あきない世傳 金と銀」主な登場人物

幸　学者の子として生まれ、九歳で大坂の呉服商「五鈴屋」に女衆奉公。商才を見込まれて、四代目から三代に亘っての女房となる。六代目の没後に江戸へ移り、現在「五鈴屋江戸本店」店主を務める。

賢輔　「五鈴屋の要石」と呼ばれた治兵衛のひとり息子。今は五鈴屋江戸本店の手代で、型染めの図案を担当する。

お竹　五鈴屋で四十年近く女衆奉公をしたのち、幸に強く望まれて江戸店へ移り、小頭役となる。幸の片腕として活躍中。

惣次　五鈴屋五代目店主で、幸の前夫。幸を離縁して消息を絶ったのち、本両替商「井筒屋」三代目保晴として現れる。

菊栄　五鈴屋四代目店主の前妻で、幸の良き相談相手。傾いていた生家の小間物商「紅屋」を立て直した手腕の持ち主。

結　幸の妹。音羽屋忠兵衛の後添いで「日本橋音羽屋」の女店主。

あきない世傳
金と銀
十
合流篇

ただ金銀が町人の氏系図になるぞかし

井原西鶴著『日本永代蔵』より

第一章　秘すれば花

薄縹の空に、仄かな鴇色が朝焼けの名残を留める。

辺りに麗らかな陽射しが溢れるまで、今少し、刻があった。

如月、晦日。

初午に針供養、涅槃会も過ぎて、浅草広小路へと続く表通りには、何処となく長閑な気配が漂う。時折り、ちょんちょん、と聞こえる音、あれは花売りの老女が鋏を鳴らす音だった。

「まだやろか、まだなんやろか」

まだ暖簾の掛かっていない戸口から、五鈴屋の丁稚が首を出して、広小路の方を覗き見ている。拭き掃除の途中か、手に雑巾が握り締められたままだ。

ちょん、ちょん、と鋏を鳴らしながら、手拭いで髪を覆った花売りが、店の表を通り過ぎる。小脇に抱えた筵から、桃や桜の薄紅、山吹の艶やかな黄が零れていた。

鮮やかな色に目を奪われた時だった。

「おーい、大吉」

大きな声で名を呼ばれて、丁稚は、はっと首を捩じった。

広小路の方から、若い男を先頭に、五十代と思しき男女三人が続く。五鈴屋江戸本店の皆が待ちわびていたひとたちだった。

大吉は素早く一礼を送ると、土間へと駆け戻り、

「力造さんらが、お見えになりました」

と、声を張る。

今か、今か、と待ちかねていたのだろう、奥から幾つもの下駄の音が重なった。

「お待ち申しておりました」

店開け前の表座敷で、店主の幸は、奉公人らとともに、客人を迎えた。

型付師の力造と型彫師の梅松が、幸と向かい合って座し、力造の女房お才、弟子の小吉は座敷の隅に控える。いずれも緊張した面持ちながら、何処となく満ち足りた雰囲気を醸しだしていた。

型付師の力造は、風呂敷包みを前に置いて、幸の方へと押しやる。

「五鈴屋さん、お待たせして申し訳ない」

中身は藍染めの反物に違いない。

天赦日に糊置きが成功したあと、染めに入ってもらっていた。約束は今月のうちで、何も違えてはいないのに、型付師は律儀に頭を下げる。

「紺屋に任せたら、もっと早く、もっと巧く仕上げられたと思います。だが、新たな試みが洩れるといけねぇから、打ち合わせ通り、私の手で染めさせてもらいました」

型彫師と型付師、そして五鈴屋。皆で知恵を寄せ合い、新たな品を生みだそうとしている最中なのだ。まだ他の誰にも知られるわけにはいかなかった。

「ありがとうございます。拝見します」

手前に引き寄せ、幸は一礼してから丁重に風呂敷包みを解く。

木綿地の藍染めの反物が一反、現れた。

広げた風呂敷に、反物を開いていく。藍色に白抜きの鈴と鈴緒。天赦日に思い描いた通りの、否、それよりももっと心躍る藍染めだった。

風呂敷ごと持ち上げて、間近に愛でる。

晴れた日の大川の水面を思わせる深い青、それに冴え冴えと清浄な白。

藍を背景にすることで白は一層白く、また、白と出会うことで、藍はより青い。藍と白との取り合わせの妙が存分に生かされて、息を呑むほど美しい。

ふと気づけば、佐助たちが腰を浮かせ気味に幸の手もとを見つめていた。

口もとを綻ばせて、佐助どん、と幸は支配人を呼び、お宝を委ねる。

「お預りします」

僅かに上ずった声で応じて、佐助は両手でしっかりと受け取った。お竹や賢輔らの方へ向き直り、皆にも見易いよう中ほどに据える。

力造渾身の染物に暫く見惚れたあと、小頭役のお竹は佐助と視線を交わし、満足そうに頷き合った。手代の賢輔は前のめりになって反物に見入っている。あまりに真剣な賢輔の様子に、手代の豆七と丁稚の大吉は、遠慮して後ろに下がった。

「力造さん、ありがとうございます。思った通り、素晴らしい出来栄え」

「七代目、止しておくんなさい」

褒めようとする幸の言葉を、力造は遮る。

「無事に仕上げられて、心底ほっとしたのは確かです。けど、この程度で褒められたりしたら、江戸中の紺屋に顔向けが出来ねぇ。解いて検めりゃあわかることだが、染めむらが何か所もある。紺屋なら、そんな下手な染め方はしませんぜ」

苦しげに打ち明けて、申し訳ない、と染物師は幸に向かって深く頭を垂れた。

力造さん、と傍らの梅松が穏やかに呼びかける。

「詫びることと違いますで。前に力造さんも言うてはったやないか、藍染めは子育てと一緒でえらい手ぇがかかる、て」

藍染めに使う染め液は、疲れた時には休ませ、寒い日には暖め、藍瓶の中で大切に育てられる。思い通りの藍染め液を作れるようになるまで、長い年月がかかる。

「力造さんにそない容易うに技を身につけられたら、紺屋衆の面目かて丸潰れになりますで。それに、試みはまだ始まったばっかりや。染めむらを気にしたり、悔やんだりするもんやない」

梅松は柔らかに笑った。

型彫師の台詞に、佐助とお竹は幾度も頷き、お才が救われたように頭を下げる。

「賢輔どん、反物をこちらに」

息をするのも忘れ、反物に心を奪われている様子の賢輔に、幸は命じた。

店主の言葉さえ耳に入らぬ手代に、お竹が見かねて、

「賢輔どん、ええ加減にしなはれ」

と、鋭く叱責した。

漸く我に返った賢輔は「堪忍しとくれやす」と青くなって詫びながら、幸の側まで

膝行し、風呂敷を広げて反物を置いた。そのまま下がろうとする手代を、幸は「お待ちなさい」と呼び止める。

「賢輔どん、この反物を見て、どう思ったの」

店主から問われて、へぇ、と賢輔は応じ、再び反物に目を遣った。

「鈴と鈴緒の柄、藍と白の組み合わせ……。『おそらく、こんな仕上がりになる』と思うていたよりも、遥かに心の躍る出来栄えで、ほんに魂消てしもたんだす」

賢輔の言葉に、強張っていた力造の両の肩が緩んだ。素直な称賛は、染物師の心に届いたのだろう。

「私も同じように思いました」

幸は藍染めの反物を再び手に取り、持ち上げてみせる。

「藍染めの反物は数多く見てきましたが、ここまでくっきりとした白抜きの紋様を施されたものは知りません。試みを始めたところで、これほどの品が出来てしまったことに、とても胸を打たれています。梅松さん、力造さん、この通りです」

反物を手にしたまま、幸は型彫師と型付師に額づいた。

店主からの心のこもった礼に、梅松も力造も安堵の色を隠さない。

「女将さん、勿体ない」

お才が小さな声で言って、畳に手をついた。小吉も慌ててこれに倣う。

お竹が藍染めの反物を慈しむように眺めて、

「これを浴衣に仕立てたら、見栄えがしますやろ。それこそ江戸っ子の好きな『粋』そのものの気ぃがしますなぁ」

と、感嘆の声を洩らす。

水をよく吸い、肌馴染みのよい木綿。絹織よりも遥かに安価なゆえ、値も抑えられる。何より、これほどまでに心躍る品が、求められないはずはない。

「佐助どん、これは来ますなぁ」

小頭役の明言を受け、返事の代わりに支配人は首を大きく縦に振った。お竹は次に賢輔を見た。賢輔もまた、首肯で応じる。

奉公人らの遣り取りに、幸は顔つきを改める。

そう、商運は必ず来る。

おそらくは今まで経験のないほどの、大きな商機が訪れるに違いない。

浜羽二重、桑の実色の縮緬、五鈴帯、小紋染め。

五鈴屋がそれらの品を手がけ、商運を摑むのを、佐助、お竹、賢輔の三人は、幸の間近で具に見ている。また、大吉は知らずとも、豆七は五鈴帯での繁盛ぶりをよく覚えていた。

往時の経緯を思い出したのか、豆七は落ち着かない様子で、身を竦め、わなわなと震えている。

「豆七どん、どっか具合悪うおますか」

小声で大吉が案ずれば、

「阿呆、武者震いや」

と、応じる豆七に、高まるばかりだった座敷の緊迫が柔らかに和んだ。

「こんな場に立ち会わせてもらえるだなんて」

ありがたいですよ、とお才は笑いながら目尻に浮いた涙を指で拭う。

ご寮さん、と佐助が居住まいを正して、幸に切りだした。

「『誰も考え付かんかったことをするのだから、丁寧に時をかけよう』――ご寮さんは以前、そない言うてはりました。けんど、音羽屋がまた、何ぞ悪だくみを仕掛けてくる前に、なるべく早う動いた方がええように思うんだす」

音羽屋、という言葉で座敷がぐんと冷え、明るく華やいだ雰囲気が一気に淀む。

十二支の文字散らしの型紙を五鈴屋から持ちだして、忠兵衛のもとへ身を寄せた結。その結を後添いに迎え、「日本橋音羽屋」という店を持たせた音羽屋忠兵衛。両者によって、散々、苦汁を嘗めさせられた五鈴屋江戸本店なのである。佐助が音羽屋を警戒する気持ちは、至極、尤もではあった。

「いや、そいつぁ」

力造は唸り、梅松と賢輔はそれぞれ暗い表情で目を伏せた。

今、手もとにあるのは、試みの品に過ぎない。賢輔は、この試作を超える図案を考えねばならない身。また、型を彫る、型を付けて染め上げる、という工程のいずれも、一朝一夕に出来るはずもない。急かされれば急かされるだけ、三人とも辛いばかりなのだ。

店主として、何を重んじるべきかを考えて、幸はゆっくりと唇を解いた。

「音羽屋のことを、今、考えるのは止しましょう」

日本橋音羽屋は、呉服のみで太物を扱ってはいない。また、仮に急遽、太物商いを目指したとして、五鈴屋にすぐに何かを仕掛けてくる、というのも考え難い。

「最初に話していた通り、売り出しに至るまでには、充分すぎるほど時をかけるという考えに、今も変わりはありません」

慎重に言葉を選びつつ、幸は続ける。

「浜羽二重は、かつて長浜一帯で生産されていたものを復活して頂いたもの。五鈴帯にしても、廃れてしまった鯨帯から考え付きました。小紋染めは、本来、武士の裃に用いられていたものを、町人の着物に転じたもの。いずれも、全くの無から生みだしたものではないのです」

だが、この度の「寛ぎ着としての浴衣地」は全く異なる。元来は湯屋で身拭いとして用いられていた「湯帷子」を、湯屋への行き帰りにも、家でのちょっとした寛ぎの時にも、使ってもらえる「浴衣」に変える。そんな、今まで誰も思いもしなかった新たな品を生みだし、世に送りだすのだ。

「無から有を作るのです。今回の鈴紋のほかに図案を描くのも、道具を拵え、型を彫るのも、それに型付をするのも染めるのも、易々とはいかない。だからこそ、月日をかけねばなりません『縁と月日』という言葉もありますからね」

幸の言葉に、力造と梅松、それに賢輔は、安堵の色を滲ませる。佐助は肩を落とし、

「ご寮さんの仰る通りだす。私は作り手の気持ちを軽んじてしもてました」

と、項垂れた。

傍らで、お竹が「それは」と何かを口にしかけて、思い止まった。おそらくは佐助の危惧には充分な理由がある、と援護したかったのだろう。

改めて、結が残した傷の深さを思う。全ては姉である自身の甘さに由来するのだ。

佐助どん、と幸は支配人を呼んだ。

「支配人として、音羽屋を警戒するのは当然ですし、それだけの仕打ちを、結は五鈴屋に対してしたのです。責めは私にあります」

声を落としたあと、幸は座敷に集った一同へと視線を巡らせる。

「だからこそ、もう二度と相手の思惑通りにさせぬよう、周到に手を打ちます」

平らかな語勢ながら、強い決意を滲ませる五鈴屋江戸本店店主に、皆は表情を引き締めた。

「『悪い奴ほど、阿呆な振りが上手い』――惣ぼんさん、いえ、井筒屋三代目保晴さまは、音羽屋をそう評しておられました。こちらも負けずに、阿呆な振りをしようと思います。無為無策、商いを広げるのに何の手立てもない振りを通す一方、決して乗っ取りの理由を与えない」

音羽屋は本両替商で、日本橋音羽屋は呉服商。金銀を借りることも、呉服商いで競い合うこともなければ、こちらに手出しをすることは難しい。音羽屋がこの店を乗っ取るには、それなりの理由が必要で、最も望ましいのは、「女房の里が左前になり、分散の憂き目に遭ったところを慈悲で助ける」という流れに違いない。

「太物の小売商は江戸市中に数多あります。際立つことなく、手堅く地道な商いで凌いでいる限り、向こうには五鈴屋に手を出す理由がないのです」

けど、それやったら、と佐助が悲愴(ひそう)な顔を店主に向けた。

「五鈴屋を乗っ取って太物にも進出しよう、と考えるんと違いますやろか。もともと、あのおかたは木綿のことを勉強してはったし」

　結という名を口にするのも憚(はばか)られるのか、佐助は辛そうに言う。

――綿のことなら、木綿のことなら、五鈴屋の皆よりも馴染みがあります。少しはお役に立てるんやないか、て思う。せやさかい、姉さんを手伝わせてください

　かつての結の台詞が、耳の奥に残っていた。

　市村座(いちむらざ)の階段で、すれ違った時の結の様子を、幸は思い返す。姉の纏(まと)う木綿の綿入れに目を止め、紅で染めた唇を綻ばせた結。今の結は、おそらくもう太物に気持ちを寄せることもないだろう。音羽屋忠兵衛とともに歩む人生を選んで以降、結が抱くのは、ただただ、五鈴屋を我がものにする、という執着のみではなかろうか。

「そうね、五鈴屋が少しでも頭角を現したら、その手掛かりを与えることになるでしょうね」

　幸は静かに続ける。

「だからこそ、淵(ふち)に沈んだ振りを通して、密(ひそ)かに事を進め、一気に成し遂げねばなら

ないのです」

新たな品を生みだし、潤沢（じゅんたく）に用意し、相手に付け入る隙（すき）を与えぬよう、一気に市場に躍りでる。男女の違いを越え、身分を越え、木綿の橋を架けることが出来たなら、乗っ取りを恐れる必要もなくなるだろう。

店主の話にじっと耳を傾けていた皆の頬（ほお）が、徐々に紅潮し始めた。

「橋を……橋を架ける……」

賢輔の揺れる声を受けて、

「木綿の橋を架ける」

と、佐助も繰り返す。

江戸の街を藍色に染める勢いで、反物が浴衣に仕立てられる様子を、皆、夢想する。

「ほんまにそれが叶（かの）うたなら」

梅松が、掠（かす）れた声を絞る。

「型紙作りや綿作りに携わるひとらの暮らし向きも、ええ方に変わるやも知れん」

品づくりに関（かか）わる全ての手を尊び、重んじる。それは幸の信念でもあった。

木綿の橋を架ける、という夢を決して踏みにじられてはならない——言葉にして確かめずとも、皆の思いはひとつであった。

五鈴屋さん、五鈴屋さん、と表で声がする。

明かり取りから射し込む陽が眩い。力造たちを迎えてから半刻（約一時間）ほどが過ぎていた。

「五鈴屋さん、店開けはまだかい？」

表の声を受けて、「へぇ、今すぐ」と大吉が大きな声を張り、皆に一礼してから、土間へと駆けおりた。

上野山の桜が終わり、桜草売りも姿を消す頃、辺りは新緑で覆われる。

弥生二十日は立夏、暦の上とはいえ、街が夏に向かって走りだした。もう綿の入った着物では重い。

高砂町まで歩き通したところで、幸は風呂敷包みを片腕に抱え直し、袂から手拭いを取りだした。風呂敷の中身は、吉次改め二代目吉之丞の浴衣だった。

楽屋で寛ぐために提案された藍染めの浴衣が相当気に入ったらしく、今少し薄い色で仕立ててほしい、と頼まれていたのだ。

菊次郎宅まであと少し。手拭いで額に浮いた汗を拭って天を仰げば、浅葱色に刷毛でひと撫でした如く、淡い雲が浮いている。優しい空は、今は亡きひとの面影と重なった。

じきに智蔵(ともぞう)の祥月命日(しょうつきめいにち)を迎える。八回忌の今年、大坂の連福寺(れんぷくじ)と江戸の松福寺(しょうふくじ)、双方で法要を営むことになっている。昨年は、仲間外れの対応に追われ、その余裕を持てなかった。

旦那さん、と幸は心の中で智蔵を呼ぶ。

呉服商いを絶たれ、深淵に沈んだ五鈴屋江戸本店だが、一徳一心(いっとくいっしん)、知恵を寄せ合い、力を尽くし、今、新たな道を切り拓(ひら)こうとしている。買(こ)うての幸い、売っての幸せ。五鈴屋が代々、守り抜いてきた商いの基(もとい)を江戸の地に根付かせ、花開かせたい、と心から願う。

どうぞ見守っていてくださいませ、と幸は双眸(そうぼう)を閉じて祈った。

「夏らしい、綺麗(きれい)な色や」

畳に広げられた浴衣は、縹色。

菊次郎は手に取ってしげしげと眺め、縫い目を検める。

「相変わらず、丁寧な仕立てやな。吉次も喜びますやろ」

早う見せてやりとおますなぁ、と菊次郎は上機嫌で笑った。

襲名を終えても、菊次郎にとって弟子は弟子。今もひとつ屋根に暮らし、稽古に出かけるほかは、師匠の身の回りの世話もさせているとのこと。吉之丞ではなく、吉次と呼ぶ声に慈愛が滲む。

二代目吉之丞は、齢十七。

世の荒波をひとりで乗り越えるのは心もとない。二代目にとっても、菊次郎という師匠が居るのは、どれほど心強いことだろう。幸は吉之丞の幸せを思った。

「浴衣いうんは、ほんに手入れも楽で宜しいなぁ」

丁寧な手つきできちんと畳み終えると、役者は乱れ箱を引き寄せて置いた。

思いがけず強い風が庭から奥座敷に吹き抜けて、薄紫の花弁を畳に散らせる。何かしら、と指でそっと摘まみ上げてみれば、藤の花弁だった。

「近所に藤棚がおますのや。今日みたいな風の強い日ぃには、よう遊びに来る」

芥として片付ける気もないらしい。菊次郎らしい、と幸は目もとを和らげた。

「湯冷ましで堪忍してや」

土瓶から湯飲み茶碗に移したものを、菊次郎は幸に勧める。

「ありがとうございます、頂戴します」

歩き通して汗ばんだ身には、何よりありがたい。

ひと碗の白湯で喉を潤し、藤の花の残り香を留める風を肌に受けて、目を細める。

ぴーりっ

ぴっぴりり　ぴっぴりり

姿は見えないが、美しい鳴き声が届く。あれは黄鶲だろう。ふたりは揃って庭の方へ眼をやって、囀りに耳を傾けた。

「あの声を聴くと、夏が来るんやと思う。麻に木綿、葛布、と太物が恋しい季節の到来や」

菊次郎は土瓶を手に取り、嫋やかな手つきで幸の湯飲みに白湯を注ぎ足す。

「あんさんのことやさかいになぁ」

菊次郎は、ふと声を低めた。

「浴衣を、ただ吉次のためだけで留めておくことはおまへんやろ」

返事の代わりに笑みを零して、幸は再び湯飲みを手に取った。今度は惜しみつつ、ゆっくりと中身を干す。

菊次郎は、じっと幸の言葉を待っている。

「完成までに、時をかけようと思います」

どんなものを作るのか、詳しくは語らずに、幸は湯飲みを置いた。相手の眼を真っ直ぐに見つめて、思慮深く続ける。

「そして、売り出しまでは、ひとに気取られぬようにします」

ふっ、と菊次郎の口から甘やかな吐息が洩れた。双眸が柔らかに緩んでいる。

「なるほど、『秘すれば花』やな」

「秘すれば、花……」

幸は低く繰り返した。

誰の言葉なのか。

秘密にしておく方が良い、という意味だろうか。

幸の問いかける眼差しを受けて、菊次郎はすっと背筋を伸ばした。

「秘する花を知る事。秘すれば花なり、秘せずば花なるべからず——世阿弥いうおかたの残さはった『風姿花伝』の中の一節や」

能役者世阿弥が、父親の遺訓を子孫に伝えるために書いた秘伝書、「風姿花伝」。そこに記された言葉だという。

「ひとは思いもよらんさかい心を動かされる、せやさかい、先を見越されんよう演じなならん——私の解釈はそうや。能だけやない、舞台を踏む役者にとっても、大事な心掛けやと思うてはいたが、商いにも通じる話やったんやなぁ」

五鈴屋の考案した浴衣、砕け過ぎない寛ぎ着としての浴衣は、工夫を知ってしまえば、誰でも考えつきそうに思われる。後の世に「特に驚くべきものではない」とされるほど広まったとしても、今はまだ誰も思いつきもしない。それゆえ、ひときわ慎重に、秘密裡に動くべきだ、と役者は提言する。

「五鈴屋やったら、吉次のあれより、さらに江戸っ子を虜にする品を作るやろ。私も、今は何も聞かんことにしまひょ」

そう結んで、菊次郎は幸を見送るべく、すっと立ち上がった。

第二章　初瓜

しじみぃ　しじみよぅ
しんじみぃ　しんじみよぅ

ざあざあ、と濁った雨音に混じって、幼い蜆売りの哀しげな売り声が届く。

神棚の水を取り替えていた幸は、格子越しに外を眺めた。結構な本降りだった。

蜆売りは大抵、子どもで、枡に山盛りで八文ほど。冬と雨の日は、酷な仕事だった。

「大吉どん、大吉どん」

お竹が丁稚を呼ぶ声がしている。

「蜆を買うて来なはれ。朝餉のお汁に使うよってに」

へぇ、と応える声がして、かたかたと下駄の鳴る音が戸口から外へと続く。

良かった、と幸は思いつつ、神棚に手を合わせた。

卯月に入って、雨続きだった。

まだ大坂から文は届かないが、先月のうちに大坂を発ったはずの鉄助と菊栄、お梅たちはどの辺りまで辿り着いているのか。

天気は西から東に移ると聞くが、雨の中を旅するのは骨が折れる。どうか無事で、と願うばかりだった。

「豆七どん、万筋と棒縞をこっちへ。子持ち縞も用意してもらいまひょか」

「へぇ」

次の間では、賢輔と豆七とで店開けの準備が進められている。佐助は蔵だろうか。

豆七が大吉とともに江戸に移り住んで半年、ふたりとも、すっかりここでの暮らしに慣れ、心強い限りだ。

「賢輔どん、私なぁ、こっちに来てから、雨の日ぃでも、びくびくせんで済むようになりましたんや」

豆七が賢輔に話している。

「ほれ、絹織は湿気を嫌いますやろ。大坂では、雨が降るとえらい気ぃ遣うて。けんど、木綿はそないなことがない。お陰で、私、すっかり雨が好きになりました」

「それは……」

賢輔が返事に窮しているのが、手に取るようにわかる。

豆七の言う通り、雨の日は呉服の扱いにとても気を遣う。ことに、梅雨時や長雨は呉服商には大敵だった。対して、太物は水にも摩擦にも強いので、そこまでの苦労はない。

ただし、屋敷売りと見世物商いの大坂本店と違い、江戸本店は店前現銀売りだった。雨が降れば客足が鈍るのは、太物とて変わりがない。

「賢輔どんかて、きっと同じだすやろ？」

「いや、それは……」

手代二人の噛み合わない遣り取りに、幸は笑いを堪える。

豆七が来るまで、江戸本店では手代は賢輔ひとりだった。真面目で一途な賢輔と、大らかで呑気なところのある豆七は、丁度よい取り合わせだった。

新たな図案を任された賢輔が、仕事の合間を見つけて、あるいは寝る間を惜しんで、取り組んでいることを幸はよく知っていた。描いても描いても儘ならず、墨で塗り潰した下書きを竈の焚きつけに用いていることにも、気づいている。豆七が傍にいることで、賢輔にも救いになるだろう。

幸は今一度、神棚に手を合わせた。

五鈴屋が江戸に店を開いたのは、六年前の師走十四日。

それに因んで、毎月十四日には、店の次の間を使って「帯結び指南」を開催している。お竹が指南役となって、これまで色々な帯結びを教えてきた。

指南料などは一切不要で、買い物を強いられるわけでもない。何より、仕立て直して短くなった帯でも粋に装えるため、今なお大好評なのだ。

「今日の帯結びは、ちょいと気楽だねぇ」

「前帯のままでも良いかも知れないよ」

片側だけを輪にして結んだ帯を、おかみさんたちは互いに見せ合っている。

「『引締め』いう結び方だす。似たような結び方は幾つもおますが、前で結んだなら、ちょっと昼寝したかて崩れまへん」

おかみさんたちの間を回って、お竹は帯結びを手直しした。

「この結び方、吉原じゃあ普段、花魁がしてるよ」

三味線の師匠が、思い出したように言った。

見世出し前、寛いだり稽古事をしたりする際に、花魁が好んで結ぶのだとか。吉原廓に三味線を教えに通っている、という師匠のひと言に、おかみさんたちがわっと歓声を上げる。

「花魁とお揃いだなんて、粋だねぇ」

「帰ったら、うちの宿六に自慢してやろう」

江戸での流行りのもとは、吉原の花魁と歌舞伎役者である。庶民にはどちらも高嶺の花だが、せめても装いを真似たい、と思うのは世の常なのだろう。

「江戸っ子は流行りに敏いですからねぇ。本当に驚くばかりです」

もとは御物師で、すっかり帯結び指南の常連になった老女がゆるゆると頭を振っている。かなり身分のある武家に、仕立物を専らとして仕えていたと聞く。

大坂では武家と接する機会が殆どなかった幸にとって、志乃という名の老女は、貴重な話を聞かせてもらえる相手でもあった。

「お武家では流行り廃りというのは、あまりないのでしょうか」

幸の問いに、もと御物師は、そうですねぇ、と思案顔で答える。

「折々に好まれる柄や生地というのはありますが、大きなうねりが生まれることはないですねぇ。武家もですが、女官や御殿女中などは、帯ひとつとっても、錦織か金襴、鯨尺で幅三寸（約十一・四センチメートル）に長さは四尺（約百五十二センチメートル）、袋ぐけに仕立てたものと決まっていて、変わることはないんですよ」

老女の話に、「随分と違うもんだねぇ」とおかみさんたちは感心しきりだ。

一刻ほどの帯結び指南を終えて、皆、満足して帰っていく。

志乃さん、と幸は先の老女を呼び止めた。

「教わることが多くて、いつも感謝いたします。もうひとつ、教えてくださいませ。町人があまり目にすることのない、武家のかたたちだけの装い、というのはあるのでしょうか」

「はて、どうでしょうねぇ」

帰り仕度の手を止めて、老女は考え込んだ。皺に埋もれた眼をぱっと見開いて、あ、そうそう、と破顔する。

「茶屋染めなんてのがありました。あれは武家や公家の女だけ、夏だけの装束です」

「茶屋染めですか」

京の呉服師で代々、茶屋四郎次郎を名乗る者が居る、と聞いたことがあるが、その所縁の品か、あるいは全く違うのか。いずれにせよ、寡聞にしてどのような染めかを、幸は知らない。

「茶屋染めは御身分の高いひとのお召し物ですからね、扱う店も限られるでしょう。女将さんが知らなくても、何の不思議もありませんよ」

情けなさそうに唇を引き結ぶ幸のことを、老女は慰める。

「麻に藍染(あいぞ)めを施(ほどこ)したものなんです。藍色に白抜きの模様が如何(いか)にも涼しげで」

がたん、と背後で音がした。振り返ってみれば、立ち際によろけたのか、お竹が襖(ふすま)に手をついて身体(からだ)を支えている。

「お騒がせして、堪忍(かんにん)しとくれやす」

志乃に詫(わ)びて、お竹は幸を見た。幸は目立たぬよう、お竹に頷(うなず)いてみせる。

動揺しているのは、幸も同じだった。

藍色に白抜きということは、型染めではないのか。五鈴屋が生みだそうとしている浴衣地に近いものが、既に武家や公家の子女によって纏(まと)われている、ということなのだろうか。

幸とお竹の混乱に気づかぬまま、老女は丁寧な一礼を残して帰っていった。

「お待たせしちまって、申し訳ねぇ」

手拭(てぬぐ)いでざっと足を拭って板の間へ上がると、五鈴屋の主従を見回して、力造はまず詫びた。

釘(くぎ)に引っ掛けられた蓑(みの)から、雫(しずく)がぽたりぽたり、と土間へ落ちて、湿った匂(にお)いを放っていた。お竹が真新しい手拭いを何枚か重ねて、力造の脇(わき)へ置く。

「夜分に、しかも雨の中をお呼び立てして、こちらの方こそ、申し訳ありません」

店主は染物師に頭を下げた。

商いを終えたあと、賢輔を近江屋へ遣り、あらかたの事情がわかってから、大吉に力造を呼びに行かせたのだ。

お竹の淹れたお茶に手も付けずに、力造は幸の話にじっと耳を傾ける。

「茶屋染めは、百年以上前に、京で生まれたものだそうです。苧麻布を用いた、高貴なかたの装束ゆえ、古手に出回ることなどなく、近江屋さんでも当然、扱いはありません」

近江屋の支配人が言うには、夏、寺参りなどで遠目に眺める機会はあるとのこと。

「楼閣山水や花鳥風月などを染めたもので、確かに藍染めではあるけれど、型を用いてはいない、とのことです」

おそらくは、友禅染めと同じく絵を描いて、模様だけを残し、あとは全てに糊を置き、浸け染めにしたものだろうという。

そいつぁまた、と力造は呻いた。

「おそろしく手が掛かる。糊置きだけで半年以上は掛かっちまう」

ええ、と幸は頷いた。

「あとから黄などの色を足したり、刺繍を施して仕上げるものもあるのだそうです。ごく限られた身分の高いひと以外には、到底、着られるものではありません」

これから生みだそうとするものとは、まるで違うことがわかり、まずはほっと安堵した幸であった。

「しかし、浸け染めにするとなると、糊置きはどうしてるんだろうか。片面に糊を置くだけでは、模様がぼやけちまう。絵を描いた表と同じように、裏にも糊を置いたんだろうか。もしそうなら、それこそ、えらい技だ」

眉根を寄せて、ううむ、と力造は唸る。

染めには様々な種類がある。例えば、「引き染め」と「浸け染め」。

かねてより力造が手掛けてきた小紋染めは、型紙を用いて反物の片面にだけ糊を置き、刷毛で染料を塗って染め上げる「引き染め」という技を用いていた。それを、染料液に浸すことで染める「浸け染め」という手法で出来ないか、力造は何年も試行錯誤を繰り返した。木綿の白生地を藍瓶に浸ければ、裏も表も同じ濃さに染まるため、片面に糊を置くだけでは、裏面の藍が響いて紋様が不鮮明になってしまう。そこで、表と裏、両面に糊を置き、地色の白を糊でしっかりと守って紋様を際立たせる、という技法をついに考えついたのだ。

何年もかけて「両面に糊を置く」ことを見出したはずが、百年も前に同じ手法を考え付いた者が居る、というのは衝撃に違いない。

「まぁ、この俺が考えついたくらいだ、ほかの染物師だって思いつかねぇわけはないのさ」

自身に言い含めるように、力造は呟いた。

大坂本店では呉服しか扱わなかったため、どれほど上等であろうと、茶屋染めと出会う機会はなかった。江戸で太物も商うと決めてからは、主従ともによく学んだはずが、やはり知らぬままだ。

「越後上布か薩摩上布……茶屋染めにする苧麻布いうたら、その辺りだすやろか」

それまで黙っていた佐助が、思案しつつ口を開く。

「薩摩上布の上物で一反十両、さらにそない大層な染めを施すとなると、一体、何ぼほどの値ぇがつくのやら。太物を商う店で、そないな商いが出来るんは、よっぽどの大店だすやろなぁ」

上客だけに絞った商いも当然ある。しかし、五鈴屋は質の良い品を手頃な値で商う店で、端からそうした品を扱うことは考えていない。

「そないな店と競い合わんで済むのは、何やほっとします」

支配人の台詞を、お竹が柔らかに、

「他所は他所、五鈴屋は五鈴屋だすよってになぁ」

と、補った。

話し合いを終え、皆の見送りを辞して、力造は蓑を身につける。幸は賢輔に命じて、ふたりで戸口まで送ることにした。

「賢輔、図案の方はどうだ」

提灯を差し出す賢輔に、力造は小声で問いかけた。

型付師から視線を外して、手代はやるせなさそうに頭を振る。

そうかい、そりゃあそうだよな、と力造は淡々と応じた。

「焦ることはない。梅さんも、お前さんがどんな図案を描いたって型が彫れるように、刃物をあれこれ工夫してるぜ。やすりやら砥石やら金槌やらを持ち込んで、型彫の刃物作りのために仕事場から出てきやしない。三人とも、今は精進の時さね」

型付師はそう言って、図案の描き手を励ました。

開け放たれた戸口から、闇が覗く。先刻よりも雨脚が弱まっていた。

七代目、と型付師は店主を呼ぶ。

「茶屋染めがどれほど高価な品であっても、糊置きをするのは職人です。伝手を頼りに探してみます。何か新しい工夫が出来るかも知れねぇから」

そう言い残すと、がさがさと蓑を鳴らして、雨の中を走り去った。

卯月もあと十日ほどで終わるというのに、雨続きであった。

江戸の土は、雨が降ると酷くぬかるむ。雷門から本堂に続く参道は、相当に悲惨だった。どれほど慎重に歩いたところで、泥跳ねは容赦がなく、長着や湯文字の裾を汚す。

「そろそろ石畳にしてくれたって、罰は当たらないのにねぇ」

「ああ、こんな時には尻っ端折りの出来る男が羨ましいよ」

仲見世を歩く女たちが、ぶつぶつと不平を口にする。

本当にそうだ、と幸も思いつつ、抱え帯で短めにした裾に気を払う。町会の寄合に出たあと、思い立って浅草寺に参ることにしたのだ。

今朝、八代目徳兵衛こと周助からの文が届いた。諸々の知らせの中に、弥生二十五日に、菊栄の東下りに同行して、鉄助とお梅が大坂本店を発ったことが記されていた。旅路が順調であるなら、今月十五日には江戸に着いているはずだった。川止めだろうか、それとも、とあれこれ案じられて、どうにも落ち着かない。

「女将さーん」

聞き慣れた声に呼ばれて、幸は傘を傾げて振り返った。

力造の女房が、番傘を手に小走りで幸目指して駆けてくる。

「お才さん」

傘を差して、しかも後ろ姿なのに、よく見つけたものだ。

幸の戸惑いを察したのだろう、お才は、口もとから鉄漿を覗かせる。

「五鈴帯と帯結びで、女将さんだとわかりますよ。それと姿勢の良い歩き方で」

ご一緒させてくださいな、とお才は幸と並んで歩きだした。

「そうですか、鉄助さんたちが……。この雨ですからねぇ、大井川あたりで足止めを食ってるに違いありませんよ」

ほんとに嫌な雨だこと、とお才は恨めしげに曇天を見上げた。

仁王門から奥の境内には、珍しく参拝客が少ない。本堂に参ったあと、ゆっくりとした足取りで戻りながら、ふたりは話し込んだ。

力造が念願の茶屋染めの着物を見ることが叶った、というお才の打ち明け話に、幸は双眸を見開く。

「では、染み抜きに出された茶屋染めの帷子を？」

ええ、そうなんですよ、とお才は頷き、周囲を気遣って声を低めた。

「どんなに高価な品であっても、職人の手を通さないものはありません。力造は染物師の伝手を頼ったのですが、茶屋染めに関わる職人は殆どが京らしくて、見つけることが出来なかったんです」

どれほど大事に着ていても、しみや汚れは避けようがない。自分たちの手では行き届かない場合、それを専らとする職人のもとに送られるのではないか、それも江戸の職人のもとに、と力造は考えたのだという。

ああ、なるほど知恵だ、と幸は唸った。

「染物師と始末屋とは縁が深いですから、仲間に取り持ってもらって、漸く、染み抜きをするひとと知り合えたんですよ」

無理を言って、念入りに帷子を見せてもらった、とのこと。

「楼閣山水ってぇんですか、お屋敷と山、川の流れを描いた藍染めで、うちのひとが思っていた通り、白地の部分は両面に糊を置かれていたらしく、ぼやけることなく、冴え冴えとした白抜きだったそうです」

絵を描いて、白抜きにする部分にひとつひとつ糊を置くため、気が遠くなるほどの手間と時がかかる。身に纏うのを許されるのが身分のある者に限られる、というのは間違いなかった。

「五鈴屋さんの仰る浴衣地、というのとはまるで別物なので、その点で力造はほっとしています。ただ、糊については、学ぶべきところはある、と言いましてねぇ」

染めの注文の合間に、糊作りを試すものの、あいにくの天候ゆえ思うに任せない。

「旅人にとっても、型付師にとっても、雨は天敵ですねぇ」

小さく溜息をついたあと、お才は思い直したように言い添える。

「でも今日は女将さんとこうしてご一緒出来て、楽しかった。ちょっとした楽しみを見つけられたなら、足もとの悪さも気になりませんから」

ええ、私もです、と幸も笑みを浮かべた。

力造の奮闘をお才から聞いて、新たに気づかされたこともある。「ちょっとした楽しみ」にはそうした学びも含まれる、と幸は思うのだった。

三日過ぎ、四日過ぎても、雨はやはり降り止まない。

鉄助ら一行の到着が遅れに遅れていることは、五鈴屋の皆を不安にさせる。全員が東海道を歩き通した身、予定を十日過ぎたことなど、誰も経験がない。暖簾を終ったあとも、暫くは入口の戸を開けたままにして、誰か彼かが始終外を覗き、待ち人を探した。

「あっ、しもた」

夕餉のあと、土間で硯を洗っていた豆七が、素っ頓狂な声を上げる。板の間に居た主従は、何事か、と豆七を注視した。

「どないしたんだす、豆七。何ぞ粗相でもしたんか」

身体ごと土間の方を向いて、佐助が尋ねた。

へぇ、と萎れた声で応じて、豆七は硯を放した。上り口まで近寄ると、

「昼過ぎに、お客さんを送って表に出た時、お隣りの旦那さんに呼び止められたんだす。今の今まで忘れてました」

と、消え入りそうに応える。

お竹がすっと立ち上がり、豆七の傍まで行くと、両の膝頭を揃えて座った。

「お隣り、ってどっちだす。どないな用件だすか」

その首に、筋が浮いている。

「提灯屋の三嶋屋さんの方でおます」

小頭役の怒りに怯えつつ、手代は打ち明けた。

五鈴屋の西隣りは、主に奉納用の提灯を商う提灯屋であった。間口は五鈴屋の二倍

半ほど、奉公人の数も多い。その主が、五鈴屋江戸本店の店主に相談したいことがあるので都合を聞いてもらえまいか、と豆七に頼んでいたそうな。

「何で、今になってそない大事なことを」

お竹の両の眼が、きりきりと吊り上がる。

大坂では、商家同士の付き合いをとても大事にする。五鈴屋は江戸でも同じ心がけを通している。同じ町会、ましてや隣家。

「鉄助どんらのことが、気になって、気になって……。堪忍しとくれやす」

丁稚だった幼い豆吉に躾をしたお竹にとって、看過できないことに違いなかった。

幾度も頭を下げ、豆七は懸命に詫びる。

戸口の外は漆黒の闇、そろそろ木戸も閉まる刻限だった。

「ご寮さん、如何いたしまひょ」

佐助に問われて、幸は思案する。三嶋屋の主人の来訪に、まるで心当たりがない。

「急ぎの用向きなら、返答を催促されたはずですし、深刻な話なら、手代に伝言を頼んだりしないでしょう。明朝、こちらから伺うことにします」

幸の判断に、豆七は再度、「堪忍しとくれやす」と膝を屈して許しを乞うた。

床に就いてからも、幸は三嶋屋の用件について、気づかぬところで迷惑をかけていないか、等々、考えてみた。しかし、やはり、何も思い当たらなかった。

翌日、朝餉を済ませてから、幸は単身、隣家の店主を訪ねた。

「こちらから伺うべきですのに、申し訳ない」

四十半ばの店主は恐縮しつつ幸を迎え、奥座敷へと招き入れる。隣同士に住んではいても、奥向きに邪魔をするのは初めてのことだった。

急ぐ話ではないのだが、と前置きの上で切りだされた内容に、幸は軽く目を見張る。

「家屋敷を、ですか？」

ええ、と三嶋屋は頷いた。

「地続きでもありますし、五鈴屋さんに買い上げて頂くのが一番かと思いまして」

三嶋屋と五鈴屋、今はともに一軒家ではあるが、もともと広さの異なる五軒の長屋作りだった。前の家主が右端の二軒分を改築して一戸建てにし、そののち、中ほどで暖簾を掲げていた三嶋屋が、左端二軒を買い上げて店を広げたのだ。奉納提灯や御用提灯などを手がけて、すこぶる繁盛しているように、幸の目には映っていた。

「親から引き継いだこの店を、少しでも大きくしたい、と奮闘してきたのです。しかし、お恥ずかしい話ですが、昨年の秋頃から、商いに翳りが見えて参りました」

浅草界隈には仏壇や仏具のほか、提灯を扱う店も多い。立て続けに、大事な得意先を他店に取られてしまった。気弱になっているところへ、遠州の寺から「こちらに移って来ないか」と声をかけてもらった。良い話なので、来年の夏頃を目途に、そちらに移ろうと考えている、と三嶋屋は正直に打ち明ける。

「とはいえ、この場所には愛着があります。得体の知れない輩に買い上げられては堪らない。五鈴屋さんなら、と勝手に思っているのです」

ともかく一度考えてもらえまいか、と店主は言って、丁重に頭を下げた。

それは、と幸は言い淀む。

小紋染めが売れに売れていた頃なら、喜んで受け容れただろう。しかし今は……。呉服商いを外された当初に比すれば、着実に売り上げを伸ばしている五鈴屋ではある。だが、いかんせん、呉服と太物とでは、実入りの桁が違う。

「三嶋屋さん、ご存じの通り、五鈴屋は今、太物商いだけになっています」

「重々、承知しています」

幸の言葉に被せるようにして、三嶋屋は言い、顔を上げる。

「こちらからお願いする話です。値の方もご相談に応じますので、どうか、考えるだけでも考えて頂けませんでしょうか。返事は決して急ぎません。充分に時をかけて頂いて構いませんので」

父親が創業したこの場所を手放すのは、息子として何とも切なく、情けない。しかし、五鈴屋が店を開いて以来、ずっと隣りでその商いを見てきた。こういう店になら、家屋敷を譲ったとて悔いはない、と店主は切々と訴える。

同じく暖簾を継いだ身、三嶋屋店主の気持ちは、幸にも充分に忖度できた。しかし、内容が内容だけに、ただちに「諾」と答えられるものではない。店主の顔を立てるべく、取り敢えず預からせてもらうことにして、幸は暇を告げた。

奥座敷から控えの間、店の間を通り抜ける間、幸は失礼にならぬ程度に、辺りをゆっくりと眺めた。店の間も土間も五鈴屋の倍以上、広々としている。

何故、今なのだろうか。

呉服仲間を外される前なら。御用金を免れていたなら。

時期や状況が違えば、双方とも、どれほど良かったか。浴衣地商いについて、まだ暗中模索の段階では、何の躊躇いもなく買える道理もない。

ああ、けれど、と幸は思う。

寛ぎ着でありながら、砕け過ぎていない浴衣。江戸中に、洒落た白抜き柄の藍染め浴衣を届けるには、今の店では手狭だろう。

もしも……。もしも、ここが……。

夢を描きかけて、心を落ち着かせるべく、幸はすっと鼻から息を吸う。今はまだ、新たな潮流を生みだす前の、静かな刻。「もしも」を思うのはまだ早い。自らに言い聞かせつつ、見送りに出た店主に、

「朝早くから、お邪魔しました」

と、幸は丁重に辞儀を返すのだった。

店前現銀売りでは、雨は客足に響く。急ぎの買い物でなければ、ひとは雨を押して出かけたりはしない。明かり取りから、今日も雨がこちらを覗き見ている。昼餉を前に、客足はぱたりと止んで、五鈴屋の座敷はしんと静かだ。手代らは蔵へ行っており、表座敷には、幸と佐助とお竹だけであった。

幾度目だろうか、はぁ、という重い溜息が、佐助の口から洩れる。

小声で「佐助どん、ご寮さんの前だすで」と小頭役に指摘されて、支配人ははっと我に返り、「堪忍しとくなはれ」と店主に詫びた。

長雨で客足が鈍っていることを嘆いているのか、それとも三嶋屋から持ち込まれた

話のことか、はたまた到着の遅れている鉄助らのことか。

おそらく全部だろう、と幸は思い、気にしなくて良い、という風に頭を振った。幸は幸で、ずっと考え続けていることがある。

――ちょっとした楽しみを見つけられたなら、足もとの悪さも気になりませんから

先達て、浅草寺で聞いたお才の「ちょっとした楽しみ」という台詞が、頭の中をずっとぐるぐると廻っていた。

「今日で卯月も終いだすのに、結局、ひと月ずっと雨だしたなぁ」

撞木の太物を直しつつ、お竹が小さく吐息をついた。

「呉服と違うて、太物は水気に強いさかい、まだましだすけど。お客さんにしたら、買い物はやっぱり晴れた日が宜しおますのやろなぁ」

「雨を押してでも、五鈴屋に行きたい、店前を覗いてみたい――そんな何かがあれば良いのだけれど」

賢輔と力造、梅松に新しい試みを押し付けてしまっている現状だった。先々を見越して、店としては、今のうちにもっと商いの知恵を絞り、しっかりとした基を作っておかねばならない。

店主の想いを受けて、支配人も悩み始める。

「雨の日ぃに足を運んで頂ける『ちょっとした楽しみ』だすか。ご寮さんとお竹どんの帯結び指南は月に一遍(ぺん)のものだすし、ほかに何ぞ……」

呉服を商っていた頃、雨の日に反物を買い上げたお客に、手拭いを配ったことがあった。寺社に奉納して水場に置かれたものとお揃(そろ)いなので、相当、喜んでもらえた。

だが、買う買わないに関わらず、楽しんでもらえる取り組みが出来れば。

　そうだすなぁ、とお竹も思案の眼差(まなざ)しで表座敷を見渡した。

「帯結び指南は、帯を解いたり結んだりしますよって、表から見えんように次の間を使うてます。けど、この表座敷で、皆さんにご覧いただけるようなことが出来たら……」

　あとは三人とも黙り込んでそれぞれ思案に暮れるも、良い考えは浮かばなかった。

　夕暮れになって、雨は止み間を迎えたものの、結局、途絶えた客足は戻らない。

　戸口からは、熱風に乗って、土が放つ湿った匂いが流れ込んでいた。

「今頃になって止んだかて、遅おますで」

　戸口に立ち、空を見上げて、豆七が恨めしげにぶつぶつと零(こぼ)している。

　常ならば、「豆七どん、店先でそないな台詞を聞こえよがしに言うもんと違いますで」と咎(とが)めるはずのお竹が、口を噤(つぐ)んでいた。

鉄助らは、まだ姿を見せない。今日で半月、到着が遅れている。客足が落ちていることと相俟って、主従はつくづく雨に倦んでいた。

「今日は一段と蒸し暑おましたさかい、ご寮さん、先に湯屋へ行って汗を流さはったら、どないだすか」

暮れ六つ（午後六時）の鐘はまだだが、客の姿はすでにない。

佐助に勧められて、幸は少し考え、

「そうね、夕餉の前に、さっぱりして来ましょうか。お竹どんも連れていきます」

と、応えた。

暮れ六つを過ぎたばかりの湯屋は、仕事上がりの大工や職人で混雑している。入ってすぐの高座で風呂代を払うのだが、いつもはだらしなく帷子の胸を開けた男のはずが、今日は珍しく、女が座っていた。湯屋の女房だろうか、万筋の単衣の襟もとから白い半襟が覗く。きちんとしているが、随分と暑そうに見えた。

「今の女湯は空いてますよ」

女房の言葉通り、幸たちのほかは、中年の女がひとりきり。脱衣場で、湯上りのぬくぬくした身体に襦袢を纏っていた。

「汗が止まらなくて、嫌になっちまう」

おかみさんは誰に言うともなく零して、濡(ぬ)れた手拭いで顔を拭う。

「暑いだけか、雨だけか、どっちかひとつにしてくれりゃあ良いのに」

全くですよ、と高座の女が、こちらを振り返って、相槌(あいづち)を打った。

「私もこんな形(なり)をしてますが、汗取りも襦袢も汗でずくずくですとも。裸に近い格好でいられる男が羨ましい」

ほんとだねぇ、とお客の女も頷いた。

「この格好のまま帰れりゃあ、言うことないよ」

汗も雨も大して気にならないだろうから、と諦(あきら)め顔で、女は継ぎの当たった単衣を手に取った。

幸とお竹は先客に会釈を残して、板の間伝いに柘榴口(ざくろぐち)へと向かう。低い柘榴口を潜(くぐ)れば、湯船に人影はなかった。

「贅沢(ぜいたく)で、罰が当たりそうだす」

貸し切りの湯船に身を委(ゆだ)ねて、お竹はつくづくと言った。

「お梅どん、いえ、鉄助どんらは今、どの辺りだすやろか。早(はよ)う、さっぱりと旅の垢(あか)を落としてもらいたいもんだす」

雨に祟られたとして、半月にも及ぶ遅れは尋常ではない。ややもすれば悪い方へ、悪い方へと考えてしまうのを、主従は辛うじて堪える。

流し場で身体を洗い、さっぱりと汗を流す頃、女湯は少しずつ込み始めた。長居をせずに湯屋を出て、花川戸から広小路へと歩き進める。

雨の止み間で、街中が湿気を纏い、暑苦しい。抑えたはずの汗がまた、全身から噴きだしていた。

「浴衣のまま家に帰れたら、いうのは、ほんまにその通りやと思いますなぁ」

お竹の心からの台詞に、そうね、と手拭いで汗を押さえながら、幸も頷いた。新たな浴衣地が出来たなら、湯屋へ通うひとびとに、間違いなく喜んでもらえるだろう。

「あら」

幅広の広小路の左手側、いつもは何もない場所に、屋台見世が出ている。掛け行灯に墨書されているのは「初」。並べられているのは、遠目には切り分けられた青物に見えた。

何だすやろか、とお竹が提灯を差し伸べて見れば、仄かに照らし出されたのは、切り口も瑞々しい瓜だった。

「初瓜だよ、冷やっこくて、甘いよ」

歯の抜けた老人が、愛想よく幸たちに呼びかけた。

甘い、というひと言で、幸とお竹は「ああ」と得心の声を重ねる。

今年最初の瓜、初瓜の正体は甜瓜（まくわうり）だった。大坂では縮めて「まっか」と呼ばれる、盛夏から晩夏にかけて食される水菓子だ。

初物好きな江戸っ子が年々、早くに食したがるため、十五年ほど前には、水無月（みなづき）より前に売ることを禁じられている。大っぴらには商えないが、湯屋帰りの客を見込んで、こうして夜、見世を出しているのだろう。

「明日から皐月（さつき）なんだすなぁ。何や雨ばっかりやったさかい、初瓜の季節なんを忘れてました」

お竹の呟きに、そうね、と返しながら、幸は屋台の陰に目を向ける。水を張った桶（おけ）に、丸のままの初瓜が幾つも浮かんでいた。

「それは売り物ではないのかしら？」

幸の問いかけに、瓜売りは、「売らないこともねぇんだが」と、渋る振りをみせた。

丈、四寸（約十二センチメートル）。玉子を思わせる、丸みを帯びた優しい形。緑の地に縞（しま）模様が入る。値の張る初物を幸は二つ買い上げ、小風呂敷に包んでもらった。

上機嫌の老人から、お竹が包みを受け取って小脇（こわき）に抱えた。

大坂では初物には手を出さずに旬を待つ。出盛りの時ならば、安値の上、味わいも良い。普段ならば決して手を出さない初瓜だった。

「陰膳に、と思ってね」

鉄助たちの旅の無事を願って、陰膳に初瓜を載せるつもりだ、という店主の言葉を受けて、お竹は包みを左腕に深く抱え直した。

雷門の前で、どちらからともなく足を止め、本堂の方角に手を合わせ、首を垂れる。東下りは初めての菊栄、大坂から一歩も出たことのないお梅。慣れない旅路で、難儀をしているのではないか、と心配は止まることを知らない。今はただ、祈ることしか出来ない。

……さーん、……どーん。

空耳だろうか、声が聞こえた気がして、二人は揃って顔を上げる。

……さーん、……どーん。

女の声に違いない。

お竹が提灯を持つ手を前へ伸ばす。

夜の帳の遠く、何かがこちらに近づいて来る。

「ご寮さーん、お竹どーん」

主従の耳が、確かにその声を捉えた。

「お梅どん、お梅どんか」

提灯と初瓜とで両手を塞がれたまま、お竹が小走りで駆けだした。

お竹の問いかけが届いたのだろう、うわっ、と派手に泣きだす声が辺りに響き渡る。

かたかたと鳴るのはお竹の下駄の音、幸の下駄がこれに続く。

「お竹どん、お竹どん」

迷子の子が親を呼んでいるのか、と思うほど切実な声が迫る。

お竹の提灯の火が、相手を捉えた。菅笠や手甲こそないが、足もとは脚絆に草鞋のままの、紛れもないお梅だった。

お梅もまた、お竹を認めたのだろう。膝から崩れ落ちるように地面に座り込み、

「お竹どんや、お竹どんや」と泣きじゃくっている。

「あんたは子どもか」

呆れながら駆け寄ろうとして、お竹は何かに蹴躓いた。

「危ない」

幸は咄嗟に、後ろからお竹の腕を摑む。

前のめりに倒れるのは避けられたものの、お竹が手にしていた包みは空を飛び、提

灯の方は足もとに落ちて、ぱっと焔を生んだ。

お梅の後ろにいる誰かが、両の手を空へ伸ばして、包みを受け止める。

「ええ匂いだすなぁ。これ、『まっか』だすな」

包みに顔を寄せ、匂いを嗅ぐそのひとを、地面の小さな焔が、下から赤々と照らす。

藍染めの紬に黄八丈の帯、簪も櫛も地味なのは、道中を考えてのことだろう。ぎゅっと細めた眼、柔らかに解れる唇を認めて、幸は前へと足を踏みだした。

相手も包みから顔を外し、晴れやかに笑みを零す。

「幸、来ましたで」

えらい遅うなってしもて、という口調が何とも優しい。

菊栄さま、と、その名を呼ぶだけで幸は胸が一杯になり、続く言葉が出て来ない。そんな幸の分まで、お梅は「会いとうおました、ほんに、会いとうおました」と、泣きじゃくり続ける。

「ご寮さん、お竹どん」

少し遅れて、提灯を手にした鉄助が、息を弾ませながら姿を現した。

初瓜の切なく甘い芳香が、再会の叶った者たちを、密やかに包み込んでいる。

第三章　嚆矢

誰かに呼ばれた気がして、幸は双眸を開いた。夢現の中、障子が仄明るい。雨の音がしていた。

夜と朝の境目が曖昧なのは、雨のせいか。

再びの眠りに引き込まれかけた時、目の端に、誰かの寝姿が映った。結。

はっ、と半身を起こしかけて、誤りに気づく。

すぅすぅ、と安逸な寝息を洩らすのは、妹ではない。昨夜、大坂からの長旅を終えて、江戸の地を踏んだ菊栄であった。

鉄助と菊栄とお梅の三人は、長雨に祟られ、落石に川止めなど散々な目に遭って、やっとのことで五鈴屋江戸本店に草鞋を脱いだ。幸とお竹が湯屋へ行っている、と聞いて、待ちきれずに広小路まで迎えに来てくれたのだ。

夕餉の膳でささやかに再会を祝ったあと、奥座敷に菊栄の床を延べ、早めに休んでもらうはずが、ついつい話し込んでしまった。掛け布団をはいで、幸はそっと身を起こす。健やかな寝息は乱れることなく続いている。

確かに、菊栄だ。菊栄なのだ。

――どない生きても一生なら、私はこの足で立って、この頭を使うて、この手ぇで、自分の名ぁで、思う存分に商いをしてみとおます

大坂本店の広縁で聞いた、絞りだすような菊栄の声が、今も耳の底に残る。

腕を伸ばして、その髪に触れて確かめたくなるのを、じっと堪える。

菊栄がここに居る。今、この江戸に。

何とありがたく、心丈夫なことだろうか。

菊栄さま、ありがとうございます――幸は菊栄に向かって、そっと頭を下げた。

早くも誰か起きだしたのか、ぎしっぎしっと板敷を踏む音がしていた。

ほかほかと柔らかな湯気を立てるご飯。

江戸味噌を用いた味噌汁の実は豆腐、吸口は茗荷。甘く煮た金時豆と、実山椒の佃煮を添える。

「朝からご飯を炊くて、旅籠だけやと思うてました。江戸ではそれが当たり前て」

朝餉の膳を前に、お梅が溜息を洩らしている。目が赤いのは、昨夜の夜更かしのせいだろう。

「それに、夕べも思うたことだすが、主筋と奉公人とが同じ部屋で食べる、て。落ち着かんことないんだすか？」

大坂本店の女衆頭の台詞に、鉄助たちは揃って箸を置いた。

幸と食事を共にすることが当たり前になっている佐助たちにせよ、久々ながら何の疑念も抱かなかった鉄助にせよ、お梅の指摘に改めてはっとしたに違いない。確かに、大坂では考えられないことだった。

阿呆やなぁ、と菊栄がお椀から唇を外して、柔らかに笑う。

「幸かて独りで食べるより、皆と一緒の方が美味しいに決まってますやろ」

奉公人らの胸中に宿った遠慮を丁寧に拭って、「さぁ、皆も早うお上がり」と菊栄は一同をやんわりと促した。

朝餉を終えたあと、改めて鉄助から色々な報告を受ける。昨夜のうちにあらましを聞いてはいたが、八代目徳兵衛こと周助と祝言を挙げたお咲が、新たな「ご寮さん」として、五鈴屋の奥向きをしっかりと束ねている、という話や、大坂本店、高島店ともに商いが順調である、という話は、幸を心底、ほっと安心させた。何より、親旦那さんや治兵衛を始め、皆が恙ないのがありがたい。

　雨はまだ止まず、あちこちで悪さをしていることもあり、帰路に就くのはまだ随分と先のことになりそうだった。その間に、江戸でしておくべきことを済ませるという。

「今朝はまず、近江屋さんへ、ご挨拶に行って参じます。そのあと、力造さんのところへ寄らせてもらおうと思うてます」

　鉄助の言葉に、幸は少し思案する。

「では、先に力造さんのところへ、お梅どんを連れていって頂戴な。お才さんに届けてもらいたいものもあるから」

　ああ、それやったら、と菊栄が、

「私も一緒に連れてっとくれやす。力造さんらにご挨拶させて頂いたら、お梅どんと浅草寺にお参りしますよって。すぐに仕度しますさかい、鉄助どん、ちょっとだけ待っとくれやす」

　と、手を合わせてみせた。

「私の古手で申し訳ないのですが」

着付けを終えて、幸は少し下がって、菊栄の全身を検める。

江戸紫の小紋染めに白鼠の帯、帯は五鈴帯で裏地の黄蘗の鈴紋がちらりと覗く。

「とても良くお似合いです」

「おおきに、幸」

久々に着替えられて何やほっとしました、と菊栄は晴れやかに笑んだ。

身軽に旅をするべく、替えの肌着はあるものの、旅の間、ほぼ同じ着物で過ごす。虫を寄せ付けないことや、丈夫なことから、藍染めを身につける者が多い。菊栄も藍染めの紬だった。相当に汚れていたので、お竹の手で洗い張りされることになっている。

「身の回りのものは、大坂から船荷で送りましたさかい、いずれ届きますやろ。それまでお借りします」

船荷を、と幸は口の中で小さく繰り返す。

江戸本店の奉公人らは勿論、お梅や鉄助までも、菊栄の東下りを単なる物見遊山だと思い込んでいる節があった。大坂から江戸へ移り住む、という菊栄の意思を知るのは、幸ひとり。ただ、今回は様子を見るだけかと思っていた。

幸の疑念を悟ったのか、菊栄はふと表情を改める。

「周りは知らんことだすが、大坂を引き上げるために、もう打てるだけの手ぇは打っておます。このまま江戸で暮らします」

ふらりと江戸を訪れて、そのまま居つく、というのは、特に女の場合は難しい。人別帳に載るための手筈、菩提寺との繋がり等々、きちんと手立てを整えねばならなかった。

「では、紅屋は……」

その先を口に出来ずに、幸は唇を嚙み締める。

菊栄の里は、耳掻き付き簪が売れに売れて大店となった紅屋だが、先代のあとを菊栄の兄が継いでから、左前になった。あわや分散の憂き目に遭う寸前、菊栄による鉄漿粉の商いで瞬く間に息を吹き返したのだ。

紅屋に見切りをつけて、子を連れて里に帰ったはずの義姉が、何時の間にか舞い戻り、夫婦揃って菊栄を追い出しにかかったそうな。

菊栄の精進に報いることもせず、酷い仕打ちをする兄夫婦に、他人ながら幸は激しい怒りを禁じえない。

「恐い、恐い。そない怒ったら、せっかくの美人が台無しだすで」

破顔してみせて、菊栄は続ける。

「心配せんかて宜しおます。あのおひとらは狡猾だすが、そないに賢うはない。亡うなった父から『万が一の時に』と預けられてたお宝もおますし、ひとの知恵も借り、算段もし、私の取り分はちゃんと為替にして持ちだしてます。明日あたり、両替商に行こうと思うてる」

せやさかい、安心してな、と菊栄は微笑んだ。その髪に挿されている櫛は、旅路を共にしてきた慎ましい柘植櫛だった。

幸は手鏡の側に置いていた櫛を手に取った。黒地に金銀の菊紋を施した蒔絵の櫛は、六年前、幸が大坂を発つ時に「お守り代わりに」と菊栄から贈られたものだ。

菊栄も気づいたのだろう、「ああ、それは」と頬を緩める。

幸は「失礼します」と断って、柘植櫛とその櫛とを取り替えた。

「お守り代わりに、とのことでしたが、御本尊がお出ましになられましたので、こちらはお戻しいたします」

「ご本尊だすか、この私が」

軽やかに声を立てて笑ったあと、「ほな、暫く貸しといておくれやす」と幸の気持ちを受け容れるのだった。

端午の節句を三日後に控えて、漸く、薄い陽射しが江戸の街を覆った。

吹き渡る風に、菖蒲の香気が強く混じり、気ぜわしさの中で、ひとびとは、ふと足を止めて、深く香りを吸い込んだ。

「今年は雨ばっかりだけど、流石に皐月だな」

「菖蒲売りの婆さんは、まだかねぇ」

あちこちで、そんな遣り取りが交わされる。

菖蒲は、華やかな花菖蒲とは異なり、咲く花は地味ながら、葉や根、茎が爽やかに香り、古来、邪気を祓うとされている。それゆえ、端午の節句には、葉を束ねたものを家の軒に挿したり、湯屋では菖蒲湯を立てたりして、子どもの無事の成長を願う。

「五鈴屋にも大吉どんが居てますし、今日は帰りに菖蒲を買いまひょなぁ」

駒形町から諏訪町へと、幸と並んで歩きながら、菊栄は声を弾ませる。昨日はお梅とともに力造宅と浅草寺に出かけ、少しずつ、土地に馴染もうとしているのだろう。

江戸に移ってきたばかりの頃の己と重ね合わせ、微笑ましく思う。

「ところでなぁ、幸、梅松さんとお梅どん、ひょっとして、ひょっとするんやろか」

不意に、菊栄から単刀直入に問われて、幸は言葉に詰まった。友の様子に、菊栄は答えを得たらしく、にこにこと笑みを零す。

「あの二人、久々の再会のはずやのに、見つめ合うたままで、お互いに言葉も出てけぇへんのだす。やっと話したと思うたら、お天気のことばっかりで、傍から見てたら、何や、いじらしいおました」

うまいこと行ってほしいおますなぁ、と菊栄は優しく言い添えた。

一昨日から、菊栄とは刻を惜しむように色々と話していた。それでも、五鈴屋が江戸店を開いて以後のことを、全て話し終えたわけではない。お梅と梅松のことも、そのひとつだったが、もっと大きな話を、幸はまだ菊栄に伝えられずにいた。

五鈴屋五代目徳兵衛こと惣次が、本両替商井筒屋三代目保晴となって現れた、という事実は、あまりに重く、何かのついでに軽々に打ち明けることが躊躇われるのだ。今日は五鈴屋出入りの本両替商、蔵前屋に、菊栄を引き合わせるために出向くこともあり、折りを見て打ち明けるつもりであった。なかなか切りだせぬまま、今になってしまった。

浅草御蔵が近づけば、それまでとは通りの様子が一変する。米俵を積み上げた荷車が行き交い、札差や米問屋の奉公人と思しき者たちが足早に通り過ぎる。昨年は決して不作ではなかったはずの米の値が、卯月からの雨続きでじわじわと高騰していた。

「長雨は罪作りだすな、お米の値ぇが、あないに上がってしもて」

ええ、と曖昧に頷いて、幸は意を決し、

「菊栄さま、お話ししておくことがございます」

と、切りだすのだが、通り過ぎる荷車の轟音に掻き消されてしまった。

「ああ、幸、あそこだすな、蔵前屋さんて」

後ろ髪を撫でて整えつつ、菊栄が通りの先を示す。

分銅の形に「蔵」の一字を染めた長暖簾が、風に翻っていた。その前で「蔵前屋」の屋号の入った前垂れをした小僧が三人、きちんと並んで立っている。誰かを見送るのだろうか。

「さ、急ぎまひょ、幸」

菊栄に促されて、幸はそれ以上、話を続けることが出来なかった。

蔵前屋の手前まで行った時、長暖簾が手代の手で捲られるのを認めた。邪魔にならぬよう、二人は脇に寄り、様子を見守る。

「幸、あれは蔵前屋のご店主だすやろか」

奥から現れた、壮年の男を認めて、菊栄が幸に尋ねた。

ええ、と幸は小声で答える。

丁度、出かけるところなのだろう、手代にひと言、ふた言、指図する蔵前屋の背後から、今ひとり、ずんぐりと大柄な体軀の男が姿を現した。

あれは、あの男は……。

幸は短く息を吸い、止めた。

「後ろのお方は、お客さんか、それとも」

言いかけて、菊栄はふっと口を噤む。何かを確かめるように、一歩前へ足を踏みだし、双眸を見開いている。

蔵前屋の主人が、こちらに視線を寄越して、幸に気づくと、相好を崩した。

「これはこれは、五鈴屋さま」

五鈴屋の名を耳にして、連れの男は首を捩じって幸たちを見た。男の、椎の実に似た大きな眼が、幸の隣りの菊栄に注がれる。

菊栄の両の瞳に惣次が、惣次の双眸に菊栄が映る。刹那、傍らの幸には、両者の間にばちばちと火花が散ったように見えた。

だが、菊栄も惣次も、瞬く間に己の衝撃を封じ込め、柔和な笑みを湛えてみせる。

「五鈴屋さん、ご無沙汰しています」

惣次は蔵前屋の店主の脇を抜け、幸の方へと歩み寄った。傍らの菊栄に目を遣って、

「そちらのかたを、ご紹介頂けますか」

と、穏やかに頼み込む。菊栄が四代目の女房だった頃、陰で「笊嫁」と呼んで毛嫌いしていた過去など、まるでなかったかのような、大らかな笑顔だった。

幸が口を開く前に、菊栄は惣次を見上げて、この上なく華やいだ笑みを零す。

「菊栄と申します。五鈴屋大坂本店と所縁のあった者だす。御目文字賜り、深謝申し上げます」

嫋やかに一礼すると、菊栄は惣次の眼を真っ直ぐに見据えた。

「この度、江戸へ移って参りました。今日は、蔵前屋さんにご挨拶に伺わせて頂きました」

ほう、と相手は意外そうに、ぎょろりと大きな眼を剝いた。

「物見遊山の旅ではなく、江戸に引き移られる、ということでしょうか」

「へぇ、商いをしようと思うてます。ところで、あんさん、お名前を伺わせて頂いても、宜しいおますやろか」

幸にも蔵前屋にも口を挟ませる余裕を与えず、二人は遣り取りを重ねていく。

この二人が、実は二十年ほど前、兄嫁と義弟の関係であった、と誰が知り得るだろうか。二人の肝の据わり具合に、幸は密かに舌を巻く。

あくまで初対面を通した菊栄と惣次ではあったが、菊栄が井筒屋三代目保晴に、

「日を改めて、商いの事で相談に乗る」という約束を取り付けたのは、流石と言うよりほかなかった。

蔵前屋店主に手短に用件を伝え、店の前で左右に分かれての帰り道。

振り返って、男二人の後ろ姿がすっかり見えなくなったことを確かめると、菊栄は背を反らし、空を仰いで笑いだした。

「ああ、面白い、面白うて、かなん（敵わない）」

まさに、呵々大笑、といった風情の女に、道行くひとびとが驚き呆れ、足早に通り過ぎる。

「生きてみるもんだすなぁ、こないに面白い目ぇに遭うやて、誰が思いますやろか」

漸く笑いを収めて、菊栄はつくづくと、

「芝居好きで良かった、役者になった気分だした」

と言って、笑い過ぎて零れた涙をそっと指の腹で拭った。

「菊栄さま、お話しそびれていたばかりに、申し訳ございません」

率直に詫びる幸に、気にせんかて宜しい、と菊栄は鷹揚に応えた。

「ただなぁ、惣ぼんさん、否、井筒屋三代目保晴さんが、敵なんか味方なんか、私には今ひとつ、判断がつかしまへん。なぁ、幸、あのおひとに纏わる今までの経緯を、洗い浚い、話してもらわれへんやろか」

笑みを消し去り、真剣な面持ちの菊栄に、幸は深く頷いてみせた。

きっかけは、ほんの些細なことだった。

端午の節句に、五鈴屋を訪れた若い母親が、松坂木綿の切り売りを所望した際に、ふと洩らしたひと言だった。

「せめて腹掛けだけでも新しくしようと思って。たかが腹掛け、四角い布に紐をつけるだけなのに、裁縫の苦手な私には難しくてさ」

ああ、それは、と生地の相談に乗っていたお竹は、さり気なく慰める。

「腹掛けで大事なんは、お子が苦しいないように、いうことやと思います。裁縫の得手不得手は二の次だす」

腹掛けとは、大坂で「腹当て」と言われる、子どものための装束だった。

子どもは動き回るため、どうしても着物の前がはだけて、胸やお腹が冷える。冷えから身体を守るべく、紐を付けた四角い布をあてがう。隅取腹掛け、という名で呼ばれるが、四角のひとつを折って、紐を四本つけ、身体に括り付ける。特に決まりがあるわけではないし、思うままに仕立てられるものだった。

「夏向きに薄手の木綿を袷にして、紐の位置を低うにしたら、お子の首も苦しいにはなりませんよって」

お竹には、その昔、まだ幼子だった智蔵のために、あれこれと工夫して腹当てを仕立てた経験があり、それを踏まえての助言だった。

しかし、若い母親は気落ちした体で、

「そんなに易々と出来やしない。私は古手しか着たことがないし、新しい反物を裁つのだって、心底恐いんだ。裁ち損ねたらどうしよう、ってね」

と、零した。

途端、その場に居合わせたお客の多くが、「そうそう」と言わんばかりに、お竹と若い母親の方へと身を乗りだしたのだ。

「私も亭主も古手ばっかりさ。せめて我が子には、新しいものを仕立てて着せてやりたい。けれど、反物を買うのも初めてだから、どう扱って良いかわからないんだよ」

「たとえ太物だって、裁つのは本当に勇気が要る。もし裁ち間違えたらと思うとね」

「手間賃さえ惜しまなけりゃあ、ひとに仕立てを任せられるんだけど」

その遣り取りを傍らで聞いていて、幸は「あっ」と思った。

幸自身、五鈴屋に奉公に上がるまで、針を持ったことがなかった。お竹や富久に教え込まれることがなければ、おそらく彼女たちと同じだったのではなかろうか。

職人としての仕立物師のほかは、裁縫は主に女の仕事だった。だが、皆が皆、得意というわけでは決してない。何より、針を手に、単衣を袷に、綿入れに、と縫い直すことには慣れていても、反物を裁つところから始めるのは、古手しか扱ったことがなければ、また、身近にあれこれ教えてくれるひとが居なければ、なかなかに難しい。

それに、呉服であれ太物であれ、織り上がった布地には歪みが生じている。狂いなく美しく仕立てるためには、歪みを取り、布目を整える「地直し」という作業が必要だった。地直しは仕立ての始まりで、まさに嚆矢と呼ぶべきものだ。そうした技も、誰かに教われればこそだろう。

ここで、と幸は表座敷を見回す。

ここで、その手解きをしてみせるのはどうだろうか。

買う買わないに関わらず、反物の扱い方を説き、裁つところを見せて、こつを摑んでもらってはどうか。

「大吉どん、大吉どん」

幸は声を張って丁稚を呼び、水を張った洗い桶と裁ち板、裁ち包丁を持ってくるように命じた。

この日をきっかけに、五鈴屋では、面白い取り組みを始めることになる。

「反物は『地直し』することで、布目が揃うて縫い易うなって、綺麗な仕上がりになりますのや。『急がば回れ』て言いますが、このひと手間が大事なんだす」

土間に置いた洗い桶を示して、お竹は懇切丁寧に説く。

地直しの仕方は、布地の種類によって異なる。木綿の場合は、水で縮む特質があるため、暫く水に浸ける「水通し」を行って、予め布を縮ませ、地詰めしておくのだ。

「充分に水を吸うたら、引き上げて、圧し絞りにして、皺にならんよう棹に掛けて陰干しするんだす。生乾きの時に火熨斗をかけて、布目を整えておくれやす。これをしておいたら、仕立ても楽になる上、何遍洗ったかて丈が短くなることもおまへん」

店の間の土間寄りの一角に集まったおかみさんたちは、身を乗りだすようにして、お竹の手もとを見、その説明に耳を傾ける。

「お子の体格好にもよりますが、七つまでなら、半反で間に合います」

土間から座敷へ移り、お竹は半反分の布を広げた。前以て水通しを済ませた格子木綿だった。傍らには、裁ち板や裁ち包丁が用意されている。

呉服と異なり、太物は庶民の懐に優しい。だが、地直しの方法がわからなかったり、裁ち方で迷ったりすれば、無駄になることを恐れて、結局は買うのを控えてしまう。五鈴屋の新たな試みは、そうした不安を解消することが狙いであった。

「まず手始めに、鯨尺を使うて、袖と身頃と衽でどれほどの長さが要るか、反物を広げて折り畳みながら様子を見るんだす」

いきなり裁つのではない、裁ちきり寸法を決めるために、まずは反物を折ったり畳んだりして見積る。

針を打つ、へらで印をつける等々、半刻ほどを掛けて、お竹は丁寧に教えた。

わかり易い、という者もあれば、「とてもじゃないけど、覚えきれない」という者もある。

「洗い張りの時にでも、解いた着物を広げた反物に置いて、裁ちきり寸法を決める、いうんも手ぇやと思いますで」

お竹のひと言に、なるほど、との声が上がった。

折しも、座敷で反物を選んでいたお客が、ちょっと相談なんだけどねぇ、とお竹に声をかける。

「自分で仕立てるつもりで反物を選ぶと、柄合わせの難しいのは、どんなに気に入ったとしても避けてしまう。柄合わせだけでも、見てもらえまいかねぇ」

　お竹の傍らで様子を見ていた幸は、ああ、それなら、と提案する。

「店の隅に裁ち板や裁ち道具を置いておきましょう。私どもで裁つことまでは出来かねますが、お買い上げ頂き、地直しを済ませた反物を、お客様が店内で裁たれるなら、助言などさせて頂けます」

　ああ、なるほど、と座敷の客が揃って唸った。裁つところまで見守ってもらえるなら、これほど心丈夫なことはない。

「商売上手ってのは、こういう店のことを言うんだろうねぇ」

　先のお客が、気に入っていた柄物を手に、感嘆の声を洩らしている。

　江戸の女、ことに裏店のおかみさんは二六時中、よく働く。

　朝は明け六つ（午前六時）の鐘の鳴るより先に床を離れ、身仕度を整えると、水を汲み、一日分の飯を炊く。これが中々の骨折りだ。折よく通りかかる振り売りから納豆やら煮豆などを買い、朝餉の仕度。出職の亭主のために握り飯などを用意して、送りだす。

　洗濯やら掃除やらを済ませ、寺子屋から戻った子どもと昼餉。縫物や針仕事、内職などをして暮れ六つまでに夕餉の仕度。食事が済んだら、子を連れて湯屋へ行き、帰ったら夜なべ仕事が待っている。

井戸端で洗濯しながら、あるいは湯屋で汗を流しながら、女同士の気楽なお喋りで、おかみさんたちは、江戸の街の変化を知る。

社寺の水場に置かれた、五つの鈴が染め抜かれた手拭いの謎。田原町に開店した呉服太物商の店主と小頭役が女であること。月に一度、帯結びを只で教えてくれること。麻疹禍の時、江戸紫の小紋染めの切り売りに応じてくれた店が、呉服仲間を外され、太物商いになったこと。おまけに最近は、腹掛けの作り方を教えてくれること。

「ちょっとした工夫で、見栄えも良くて、子どもも付けてて楽な腹掛けの作り方ってのがあるんだねぇ」

「地直しなんて、生まれて初めて知ったよ。切り売りを買っても良いし、別に買わなくても教えてもらえるのさ」

「着物を仕立てる時も、裁ち方を見てもらえるんだよ。覚える楽しみがあるから、足もとが悪くても、ついつい、五鈴屋を覗いちまうんだよねぇ」

古手しか触ったことのない者にとって、反物を買ったあとが苦労だった。地直しの遣り方も知らない。裁ち包丁を使うのも恐ろしい。それを乗り越えれば、何とかなるので、五鈴屋の取り組みは何よりだった。

また、お竹から隅取腹掛けの作り方を教わったおかみさんたちが、代わる代わる、子どもを連れてやってきては、「お陰でこんな風になりました」と腹掛けを見せて帰っていく。

「何だい何だい、この店じゃあ、帯結びばかりか、只で仕立ても教えるのか」

他の店でそうした情景を目にすることがないからか、驚く者も多い。

日本橋辺りの大店では仕立物師を抱えているところも目立ち、買い上げた反物をその日のうちに仕立ててくれる。無論、仕立て代は別に支払わねばならない。

五鈴屋では、ただ手解きをするのみなので、お代は不要、おまけに買い物を無理強い（むりじ）することも決してない。五鈴屋の「店に足を運ぶ楽しみ」を大事にする姿勢は、確かにお客にも伝わっていた。

今夏は、長雨と梅雨（つゆ）の境がない。

ほとほと雨にはうんざりするのだが、土の乾く暇がなかった。

皐月半ばの夕暮れ時、五鈴屋の暖簾を捲って、ひょいと現れたのは、お才の弟で、指物師（さしものし）の和三郎（わさぶろう）だった。

「ご無沙汰（ぶさた）してます。使いをもらいながら、顔を出すのが遅くなっちまって」

板の間に座るなり、主従に律儀に詫びると、和三郎は早速と切りだした。

「今回の注文、撞木（しゅもく）じゃなくて、裁ち板、反物を裁つ板ってことですかい？」

ええ、と幸は頷いた。

反物を持ち帰って、水通しをし、地詰めすることは出来る。しかし、いざ、反物を裁つとなると不安で堪（たま）らない。そんなお客に対して、店の間の隅に裁ち板を置いて、反物を裁てるようにした。裁ち包丁を握るのはお客自身なのだが、側でお竹なり幸なりが、あれこれ助言を惜しまない。これが存外好評で、一台の裁ち板の前に何人かが並ぶようになった。

裁ち方に助言をするのも大切、買い物客にゆっくり反物を選んでもらうことも大切。五鈴屋では、毎月十四日に帯結び指南のために次の間を使うが、そこに何台か裁ち板を入れたらどうか、と考えたのだ。

「ああ、そういうことですかい」

指物師は承知した体（てい）で頷いた。裁ち板の寸法を決め、話を詰めたあと、和三郎はお茶も見送りも辞して、暇（いとま）を告げる。

「この店には、本当に感心させられる。商いってのは、ただ品物を売りゃあ良いってもんでも無ぇんだ、ってね。知恵を絞るのがどれほど大事か、思い知らされますぜ」

指物師はそんな言葉を残して、帰っていった。

「裁ち方指南は、太物やさかい出来ることかも知れまへんなぁ」

後ろに控えていた番頭の鉄助が、つくづくと洩らす。傍らの佐助も、そうだすなぁ、と頷いた。

反物は、仕立てる前のひと手間が大切だった。幅を揃えたり、布目を整えたりするために、湯のしや水通し、湯通し等々、地直しの作業が必要で、呉服と太物ではその内容も異なる。仕入れ先によっては、湯のしまで引き受けてくれるところもあるし、それを専らとする職人に頼むこともある。太物は水を通せば良いが、呉服となると反物での扱いも厄介で、店前で裁ってみせるのは、相当に難儀なのだ。五鈴屋の真似ばかりの日本橋音羽屋も、流石に呉服の地直しを教えたり、裁ち方指南を真似することは出来ない。

「大坂本店、高島店ともに呉服のみの商いやったさかい、ここで太物を商うようになってからは、その違いに驚いてばかりだした」

佐助がしんみり打ち明ければ、鉄助もまた、

「今回、長雨のお陰で江戸に長いこと居させてもろてますさかい、ようよう勉強させて頂けて、ありがたいことでおます」

と、しみじみと応えた。

卯月からの雨は川を氾濫させ、土砂崩れを引き起こし、あちこちに害を及ぼし続けている。帰路の旅が安逸であるためにも、鉄助には暫く江戸に留まるよう命じてある。鉄助にとっても、幸たちにとっても、ともに働ける喜びはとても深いものであった。

翌日は、久々に雲が切れて青空が覗き、お天道様が顔を出した。一見、梅雨明けかと錯覚するほどの上天気で、表通りを行くひとびとの足取りも軽やかに弾んでいる。

暖簾を出す前、幸とお竹、お梅に見送られて、菊栄は鉄助とともに出かけるところだった。

「ご一緒できずに申し訳ありません」

詫びる店主に、菊栄は事も無げに応える。

「当たり前だす。裁ち方指南の試みの最中だすやろ、幸がお店を空けて、どないするんだす」

中縹の蝙蝠柄の小紋に浅黄の帯を巻き、髪には件の櫛。何とも爽やかな色香の漂う、菊栄の佇まいだ。

「今日は堺町の芝居小屋から日本橋の方へ、足を延ばしてきますよってに」

「楽しんでいらしてくださいな。鉄助どん、菊栄さまをお願いしますよ」

店主に念を押されて、鉄助は「へぇ」と丁重に頭を下げた。

店の表に佇んで、ふたりの背中を見送りながら、幸は菊栄と交わした約束を思い起こす。そう、あれは惣次と遭遇した日の夜のことだった。

――なぁ、幸、私はこれから、色んな場所に行き、色んなひとに会い、江戸で商いを始める算段を整えることになります。惣ぼんさんの店も訪ねて、話し合うてみるつもりだすのや。傍で見ていて心配することも多おますやろけれど、私から話すまでは、何も聞かんといておくなはれ。お頼み申します
そんな菊栄の気持ちを受け容れて、黙って見守ることを約束した幸であった。

どうぞ菊栄さまにご加護を、と幸は心の中で神仏に手を合わせる。

菊栄と鉄助の姿が通行人に紛れて見えなくなった時に、お梅が「はああ」と大袈裟に溜息をついた。

「浅草寺に神田明神、寛永寺に芝増上寺、この半月ほど、あちこちお供させてもらいましたけどなぁ、いくら物見遊山でも、よう続きますなぁ。罰当たりかも知れんけど、私はもう、飽き飽きだす」

お梅の言い分に、「ほんまに罰当たりなことや」と、お竹が苦く笑う。

「その都度、出先でお饅頭やらおこしやら、お土産を買うてもろうて、力造さんのところでお茶淹れてもろて……。あんたが遠慮なしにお才さんや力造さんや、もうひとりのおかたと、しょっちゅう会えるんは、菊栄さんのお心遣いなんだすで」

お竹の指摘が思いも寄らなかったのか、お梅は「へっ」と目を見張った。けんど、それは、ああ、と意味のわからぬ言葉を発したあと、

「ともかく、ようやっと（漸く）女衆に戻れます。ああ、やれやれだす」

と、無理にも話を終えようとする。

「お梅どん、あんた、何時からそないに働き者になったんだすか」

辛抱堪らず噴きだして、お竹は笑いながら言い添える。

「鉄助どんの話では、雨の悪さが終わるまで江戸に留まるそうやないか。それまでは、盛大に働いてもらいますで」

へぇ、とお梅も嬉しそうに応える。

「何て言うたかいな、ああ、せや、『両国の川開き』いうんが、出立の目安になるそうだすのや。二十八日やそうやから、まだたっぷり日ぃがおます」

声を弾ませるお梅の右頬に、ぺこんと笑窪が出来ている。

秘めているつもりでも、梅松のお梅への想い、お梅の梅松への想いは、周囲には洩れている。梅松もお梅も、幸にとって大事なひとであった。何とか幸せになってもらいたい、と心から願う。

「ええお天気になりましたなぁ」

蒼天を仰いで、お竹が胸を反らした。

「さて、ほな、店開け前に手分けして洗濯物を片付けてしまいまひょ。久々の洗濯日和だすよってに」

腕まくりをして、土間を戻るお竹のあとを、お梅がいそいそと付いて歩く。

「お竹どん、糊付けは私に任せておくれやす」

「いらん、いらん、迷惑だす」

梅雨明けを思わせる爽やかな風が、幸の頰を撫で、土間を歩く女二人の間を過ぎ、奥へと吹き抜けていった。

第四章　川開き

「地直しは何とか出来ても、反物（たんもの）を裁つのが恐（こわ）くてねぇ」

「私も同じですよ、だから手間賃を払って、ひとに頼んでいたんです」

五鈴屋の次の間から、そんな話し声が洩（も）れ聞こえる。

五鈴屋で買った反物を持ち帰り、地直しをしてから五鈴屋へ持ち込めば、そこに用意された裁ち板と裁ち包丁を用いて、裁てるようになっている。お竹や幸が裁ち方の手解（てほど）きをしたあとは、お客同士が教え合う場にもなった。反物を買わなくとも、傍（はた）で見ることが出来るので、裁ちどころを覚えるのに役に立つ。

また、店の間では、難しい柄合わせをお竹がお客の前で指南（しなん）してみせて、大いに喜ばれていた。幸たちが見込んだ通り、反物を裁つことに躊躇（ためら）いがあり、仕立てを思いきれなかったものが多い、ということだろう。噂（うわさ）を聞きつけて、神田川（かんだがわ）を越えて足を運ぶ者も現れ、ここ二十日ほどの間に、五鈴屋の売り上げは倍になった。

「ありがたいことに、今日もよう切り売りが出てますなぁ、佐助どん」

「へぇ。利は薄うても、こないして仰山のひとにお買い求め頂ける。呉服商いとはまた違う醍醐味がおますなぁ」

食事を終えた鉄助と、交代で昼餉を取るために板の間に姿を見せた佐助とが、和やかに話している。

帯結び指南にせよ、反物の裁ち方指南にせよ、男の奉公人では思いもつかないし、行うことも難しい。店主と小頭役が女であることで、五鈴屋の商いは他に類を見ないものとなっていた。

「ああ、鉄助どん、佐助どん」

お膳を運んできたお梅が、早口で言う。

「あとでええさかい、賢輔どんに、ちゃんと昼餉を食べにくるよう言うておくれやす。『刻が惜しいから』て、昨日も、食べんままだしたのや」

ああ、それは、と番頭と支配人は揃って眉を曇らせた。

五鈴屋が世に送りだそうとしている、新たな浴衣地。その図案を任された賢輔は、ずっと苦しみの中にあった。手代として店の仕事をし、手隙の時や寝る間を惜しんで、延々、図案を描いている。

十二支の文字散らしの図案に辿り着くまで、本人がどれほど苦しんだかを、間近に見ていた佐助の表情は、殊更に暗い。

「前もそうだしたが、こういう時、何の力にもなれんもんだすのや」

「それは仕方おまへん、誰もが図案を描けるわけと違うさかい。私は白生地の仕入れで、佐助どんは今のうちに売り方を考えることで、各々役に立ったら宜しおます」

綿買いの文次郎の橋渡しにより、鉄助は、泉州や河内の織元と直に繋がることが出来ていた。大坂に戻ったら、話を詰めるところまで辿り着いている。

「梅松さんや力造さんの仕事振りも、よう見せてもらいました。あのおかたらの精進を無駄にせんためにも、大坂に戻ったら、しっかり手筈を整えますよってになぁ」

二人の遣り取りを聞いていたお梅が、ご飯を装う手を止めて「大坂に戻ったら」と小さく繰り返す。

女衆の様子に気づいた二人は、そっと眼差しを交わし合った。

数日前、菊栄の口から「大坂には戻らず、江戸で暮らす」との宣言がなされて以後、お梅の態度がおかしいのだ。

菊栄の宣言は、皆を驚かせた。ただ、鉄助には「やはり」との思いの方が強かった。菊栄の外出に幾度か同行して、「おそらくそうではないか」と見当をつけていた。

浅草寺、芝増上寺、神田明神、上野寛永寺、等々。まずはお梅を連れて、江戸がどんなところか、ひとの集まる場所を歩き、足が馴染んだ頃に、今度は鉄助とともに、商家や商いの現状を具に見て回る。全て、江戸で商機を得るための動きではないか、と鉄助は見ていたのだ。否、今思えば、おそらく佐助も賢輔もお竹も、薄々は気づいていたのではなかろうか。

ただ、お梅だけは酷く驚き、狼狽え、取り乱していた。菊栄と一緒に江戸へ出てきたのだから、一緒に帰れるもの、と信じていたに違いなく、落胆は尤もだった。それ以来、ぴたりと力造宅へ行くのを止めてしまったのだ。

ここ数日、雨を見ない。おそらくはもう雨に煩わされることもないだろうし、今日明日のうちには、江戸を発つ日を決めることになる。たっぷりあると思っていた江戸での滞在も、残り僅かになっていた。

「お梅どん、お梅どん、大丈夫だすか」

身動ぎひとつしないお梅を見かねて、佐助がそっと声をかける。しかし、お梅は黙り込んだままだった。

かーーーやーーーー

かーーやーーーー

近江のーーかーーーやーーー

近江蚊帳を売る者が、美しく長閑やかな声を長々と響かせて、表通りを行く。

目を天へと転じれば、雲ひとつない浅葱の空に挑んで、燕が高く、高く、飛翔する。

卯月以降、上天気は二日と持たなかったが、漸く、晴れの日が続くようになった。

あちこちで随分な被害を出したと聞くが、雨による悪さも、そろそろ終わりだろう。

長雨が作物の出来に響かねば良いが、と思いつつ、入口を離れて、土間伝いに奥へと向かう。開いたままの引戸から、蔵へ行こうとした幸だが、ふと足を止めた。

庭に洗濯桶を置いて、洗い物を手にするお梅の姿があった。しゃがみ込み、空を仰いで、じっと動かない。

その背中が何とも寂しそうで、迂闊に声をかけることが憚られる。幸は足音を忍ばせて、土間へと引き返した。

「ご寮さん、ちょっと宜しおますか」

次の間の上がり口で、鉄助が幸を呼び止める。大坂へ戻る日の相談だろう、と見当をつけて、幸は番頭を奥座敷へと招き入れた。

「では、晦日に江戸を発つのですね」

幸から念押しをされて、へぇ、と鉄助は頷いた。

からりと乾いた風が、開け放った障子から、奥座敷の主従の間を吹き、廊下へと抜けていく。

「思わぬ長旅、それに長居。何ぼ何でも、そろそろ大坂に戻らんことには、と」

皆に忘れられたら困りますよって、と大坂本店の番頭は穏やかに笑んだ。

皐月は「小の月」で、晦日は二十九日。

あと四日、時はあるようでない。

「お梅どんはどうするつもりか、鉄助どん、何か聞いていませんか」

店主の問いかけに、それが、と鉄助は眉尻を下げて、言い辛そうに答える。

「私と一緒に大坂へ去ぬ、て言うてます」

お梅にすれば、端から、江戸での物見遊山を終えれば、大坂へ戻るつもりに違いなかっただろうし、女手形も用意済みだった。よもや、菊栄が当初より大坂に戻る意思を持たないなど、思いもかけなかったはずだ。

「けんど、ほんまにそれで悔いが残らんかどうか。難しいとこでおます」

そう言って、鉄助は、ゆるゆると首を左右に振った。

今朝たまたま目にした、お梅の寂しげな背中を、幸は思い出していた。

梅松がお梅を慕い、お梅もまた梅松を大切に想う。互いの気持ちは周囲には洩れているのに、なかなか先へ進めない二人だった。

昼餉時、丁度、客足の途絶える頃合いで、店の座敷から殷賑は聞こえない。

「ちょっと出かけます。お竹どんに伴をするよう伝えて頂戴な」

八つ（午後二時）までには戻ります、と鉄助に告げて、幸は仕度をすべく立ち上がった。


「本当にねぇ、どうしたもんだか」

冷茶を幸とお竹の前に置くと、お才はお盆を胸に抱えたまま、くよくよと頭を振る。

「今のままだとお梅さんは大坂に帰っちまう。男の方がちょっとは強引にならなきゃならないのに、梅さんと来たら」

型彫師の梅松は、これまで錐彫り一筋だったが、様々な道具を使った型彫をこなせるように、と悪戦苦闘しているのだという。

「十六日は蒟蒻閻魔さま、十八日は観音さまのご縁日でしたから、お梅さんを誘って一緒に出掛けりゃあ良いのに。仕事場から一歩も出てきやしないんだもの」

ああ、もう、焦れったい、と型付師の女房は身を捩る。

「お梅どんにも、梅松さんにも、一番良い形になれば良いのですが」

商いの知恵は絞れても、ひとの恋路を叶える知恵など出せようはずもない。難しいものだ、と幸も溜息をついた。

梅松の仕事場から、こんこん、と何かを打つ音が続く。刃物に細工を施しているのだ。それまで黙って控えていたお竹が、「差し出口だすが」と断った上で、

「私は六十四、この齢になって、わかることがおます。いえ、この齢にならんと、わからんことや、と言うた方が正しいおますやろか」

と、幸とお才を交互に見た。

三十三の幸と、五十三のお才は、視線を絡めたあと、揃ってお竹に向き直る。傾聴の姿勢を示す二人に、小頭役は徐に唇を解いた。

「齢が行けば行くだけ、ひとは寂しいになるんだす。骨がきしきしと軋むほどに寂しいになる。友だちでも連れ合いでもええ、寂しさを分かち合える相手がほしい、と願うもんでおますのや。けど、同時に、どないしようもないほど臆病にもなるんだす」

男と女も、若い時分なら、勢いで理ない仲にもなれる。しかし、老いに差し掛かれば、勢いに任せることは難しい。

「生真面目な者は、ことに女は、なおさらだすのや。おまけに、お梅どんは梅松さん

より四つ年上やさかい、先に老いゆく身を思うて、何も言わんと、このまま大坂へ戻るしかないんだすやろ。お梅どんの胸のうち、察してやっとくなはれ」

お竹は、苦しげに言って、頭を垂れる。

二人は黙ったまま、互いの顔を見合った。年長者の台詞は、切なく重く胸に響く。しかし、このまま黙ってお梅を大坂に帰して良いものなのだろうか。

「私は梅松さんと同い年ですよ。おまけに、力造より二つ年上の古女房だ。だから言わせてもらいますけどね、お竹さん」

お盆を脇に置いて、お才はお竹の方へと身を乗りだす。

「男も女もさ、幾つになっても幸せになりたいもんじゃないのかねぇ。目の前にぶら下がってる幸せを、つかみ取るのも逃すのも、本人次第だと思うんですよ」

お才の言葉に、「確かに、それはそうだす」と、お竹は頷いた。

三人とも、お梅と梅松に幸せになってもらいたい一心ではあった。しかし、決め手になるような案は何ひとつ思い浮かばない。

気づけば、陽射しの位置がずれている。そろそろお客の立て込む頃だった。

「お竹どん、一足先に店に戻って頂戴な。私は梅松さんと少し話をします」

店主が小頭役に命じるのを聞いて、お才は、

「女将さん、だったら、天気も良いし、ちょいと梅さんを連れ出してもらえませんかねぇ。ずっと仕事場に籠ったきりじゃあ、身体にも障ると思うんで」

と、提案をした。

よーい、よーい、よーい

竹町の渡しを行く一艘の舟から、船頭の声が風に乗って届く。常は哀切に満ちた声なのだが、蒼天のもと、晴れ晴れと、そして伸びやかに尾を引く。

前を歩く梅松の少し曲がった背を眺め、幸は言葉を探し続けていた。もとより、ひとの想いを他人が操れるものではない。

「七代目」

ふいに足を止めて、梅松は振り返った。少し見ない間に、随分と面窶れして、表情もとても暗い。

「賢輔さんは、どないしてますか」

型彫師に問われて、幸は、ふっと視線を落とした。

文机に置かれた、墨で塗り潰された紙の束。

描き損じたものを焚きつけに用いて、口惜しそうに火を見つめる賢輔。如月からこちら、幾度そうした光景を目にしたことだろう。十二支の文字散らしの図案が出来るまで、賢輔には大変な思いをさせたが、今回、それ以上の苦労を強いている。

「本人は何も言いませんが、随分と苦しんでいる様子です」

店主の返事に、やっぱり、と型彫師は湿った吐息を洩らした。

「私も同じです。苦しいてならん」

型彫師は図案を待つ身、そこまで苦しむ必要があるのだろうか、と幸は怪訝に思う。店主の疑念を察したのか、梅松は幸から大川の水面へと眼差しを移した。

「賢輔さんに伸び伸びと図案を描いてもらうには、どないしたらええんか。ずっと考えてました」

錐彫りを専らとしてきた梅松には、それに対する誇りがある。しかし、小さな丸を無数に連ねる錐彫りでは、鋭い線など、どうしても表しきれないものがある。

「賢輔さんが、錐彫りでの仕上げを念頭に置いて図案を考えているんやったら、えらい枷や。せやさかい、私は色んな道具を使うて型彫できるよう、あれこれ試してみたんやが」

思い通りに出来ない、と型彫師は肩を落とした。

型彫の道で苦闘の最中にある時に、どうして、お梅との将来を考える余裕など生まれてくるだろうか——なるほど、梅松というひとは、こういうひとだった。幸は胸のうちで深く、深く、得心していた。

ならば、動くべきはお梅だろう。「目の前にぶら下がってる幸せを、つかみ取るのも逃すのも、本人次第」というお才の台詞を、幸は改めて噛み締める。

周りがどう心を砕こうが、節介をしようが、お梅自身が決めねば、どうにもならない。ただ、今のままでは、お梅は梅松と逢わずに大坂戻りを決めてしまいかねない。

どうすれば、と幸は再度、大川へと目を転じた。

緩風が水面に波を生み、陽光に映えてきらきらと眩い。遥か川下、両国橋の辺りに屋台船が幾艘も集まっていた。

ああ、と幸は眩しさに目を細める。

もうじき、両国の川開きだ。いつぞや、力造から初日の打ち上げ花火が素晴らしい、と聞いていたが、結局、今まで見る機会を持てないままだった。

梅松さん、と幸は徐に名を呼んだ。

「皐月二十八日は川開き、私どもはまだ一度も花火を見物したことがないので、商いを終えたあと、皆で来ようかと。もしも、梅松さんが御一緒してくださるなら、賢輔どんも、息抜きをしよう、という気になってくれると思うのですが」

お梅のことには一切触れずに、幸は梅松に「考えて頂けないでしょうか」と、頼み込むのだった。

江戸の湯屋は、大晦日を除いて、夜五つ（午後八時）で暖簾を外す。花川戸の界隈に暮らすおかみさんたちは、夕餉の後片付けを終えてから、慌ただしく湯屋へ駆け込む。従って、脱衣場が最も込むのも、五つ頃であった。

「ふぅ、暑い暑い、せっかく汗を流したのに、着物を着込めば、また汗みずくになっちまう」

「もう、湯帷子のまま帰りたいくらいさ」

おかみさんたちの声高な話し声に、手拭いで汗を拭っていたお竹が、幸の方をさり気なく見た。幸もまた、笑みを浮かべてお竹を見返す。互いに言葉はない。

身仕度を整えて、菊栄、お梅とともに、湯屋を出る。

月はないが、南天に歳星がひときわ明るい。湯上りに、澄んだ夜空のもとを歩くのは久々で、長雨を免れた喜びがあった。火照った肌を、乾いた風が撫でていく。

「ああ、夜風がほんに気持ち宜しなぁ」

菊栄の感嘆に、お梅が、

「江戸の風呂屋はお湯が熱いさかい、冬はええやろけど、今は暑いばっかりで。なかなか慣れしませんなぁ」

と、零した。

ほんまだすなぁ、と菊栄はころころと鈴を鳴らすように笑う。

「なぁ、お梅どん、こっちの湯屋に慣れるまで、もうちょっと居ったらどないだす」

残る三人の足がはたと止まった。菊栄は構わず、かたかたと軽やかに下駄を鳴らして、歩いていく。

菊栄さま、とお梅が恐々尋ねる。

「それ、どういうことだすのやろ」

「せやから、大坂へ帰るんを少しだけ延ばしたらどない、いうことだす。鉄助どんと一緒やのうても、帰る手立てなら、必ずおますやろ」

菊栄は前を向いたまま、朗らかに答えた。

その台詞に、幸は内心、「あっ」と思う。いきなり「江戸に移り住め」というのではない。今少し江戸での滞在を延ばすことで、お梅によくよく考える刻が与えられる。

雷門に繋がる通りまで出たところで、菊栄は、くるりと振り返った。

「この秋は二年に一度の神田祭がおますのや。なぁ、お梅どん、せっかく長いことかかって江戸に来て、神田明神さんの天下祭も見んと帰るんは、勿体のうおますで」

「確かに」

間髪を容れず、お竹が頷いた。

「お梅どんはまだ、浅蜊を食べてませんがな。江戸の浅蜊を食べんと帰るんは、勿体のうおます」

「お竹どんまで、いけず（意地悪）言わんといておくれやす」

星影のもと、お梅の表情は窺い知れないが、何処か湿り気を帯びた、切なげな声音だった。

軽くて、嵩張らないこと。そして、手頃な値であること。

数ある江戸土産の中で、浅草海苔の人気が高いのは、全ての条件を兼ね備えているからだった。

鉄助とお梅に持たせるべく用意した浅草海苔を、油紙に包みながら、幸は思案に暮れていた。

今夜は川開き、そして、明日には鉄助たちは江戸を発つことになっている。板の間の隅には菅笠に手甲脚絆、旅用の杖が二本、早くも出番を待つ。お梅はめっきり口数が減ってしまった。

五鈴屋では誰しもが、お梅に江戸に残ってほしい、と願っている。だが、それを決めるのはお梅本人だ、ということも皆、理解している。今少し、ここに留まりたい、とお梅に思わせる決め手が見つからなかった。

どうしたものか、と考えれども、何も思い浮かばない。

「ご寮さん」

畳んだ単衣と帯とを手に、お竹が板の間に姿を見せる。

「今夜のお召し物、こちらで宜しおますやろか」

藍染めの無地木綿の単衣、帯は月白。すっきりと涼しげな色合わせだった。

「ご寮さんは藍色がようお似合いだすし、月白いう色がお好きかと思いまして」

「そうです、月白はとりわけ好きな色です」

昔、智蔵に誘われて八軒家に夕涼みに出たことがあった。母の形見の藍染めの単衣を纏い、智蔵と並んで望月を愛でた。

死産だった娘に「勁」という名を付けた、と打ち明けられたあの夜の、月の光を思い出させるのが「月白」という色だった。

口に出して言ったことはないが、お竹は流石によく見ている、と幸は感心しつつ、

「ありがとう、今夜はこちらで出かけます」

と、応じた。

ふいに、どん、と大きな音が響いて、主従は互いに視線を交え、微笑み合う。あれは試しの打ち上げ花火の音だ。

「無事に川開きを迎えたんだすなぁ」

「今年は雨続きで、大変な思いをしたひとも多かったから、ほっとするわね」

江戸に店を開いて六年、主従で川開きの花火を愛でるのは、実は初めてだった。力造一家に甘えて、花火見物を一緒にさせてもらうことになっている。

「暖簾を終ったら、皆で行きましょう。梅松さんと賢輔どんにも、息抜きになると良いのだけれど。それに、お梅どんにも」

あとは言わない店主に、小頭役もただ「へぇ」と短く応えるのみだった。

大川での夕涼みは、皐月二十八日から葉月二十八日までの三月の間、と決められている。

その間、川岸の茶屋や料理屋、見世物小屋等は、夜半までの商いを許された。夜空を彩る花火もまた、蒸し暑く寝苦しい夜を慰める、江戸っ子たちのちょっとした行楽になっている。

両国橋を境に、川上と川下から打ち上げられる花火は、もとは疫病や飢饉により命を落とした者を慰めるため、と聞く。しかし、次第に、より華やかに、より大掛かりになって、江戸中からひと目見ようと、大勢の人が詰めかけるようになった。

「五鈴屋さん、こっちです」

少し先を歩いていた型付師の弟子の小吉が、幸たちを振り返り、振り返り、逸れぬよう気を配っている。

まだ西の空に残照が留まるものの、常ならば人通りの少ない大川端が、今夜は大勢のひとびとで賑わっていた。駒形町から諏訪町へと進めば進むほど、人波は増えていく。ひとばかりか、川下を眺めれば、みっしりと船が並び、蛍の群れかと見紛うほど、船提灯の火が川面を埋め尽くしていた。

「女将さん、皆さんも、こっちですよ」

小屋掛けの店の前で、お才が手招きをしている。左右を葦簀で仕切り、床几を並べただけの質素な茶店には、力造に娘家族、それに梅松の姿もあった。

お才に勧められるまま、幸たちは前の床几、力造一家は後ろの床几に並んで座る。

「ちょいと前が多すぎるねぇ、お梅さん、申し訳ないんだけど、後ろの、梅松さんの隣りに移ってやもらえませんか」

お才に乞われて、もじもじしつつも、お梅は梅松の隣りに座った。

「両国橋からはちょいと離れてるんですがねぇ、ここなら、ゆっくりと花火を楽しめますから」

両岸の小屋掛け茶屋の提灯が、十町ほど先の両国橋まで続く。川にも河岸にも人が溢れて、とても橋まで辿り着けるとは思われなかった。お才の言う通り、これくらい離れている方が、雑踏に揉まれることなく、花火を楽しめそうだった。

力造と梅松、鉄助と佐助は酒を、ほかは甘酒を口にしつつ、花火の上がるのを待つ。

最初の花火は、両国橋の川下の火除け地から打ち上げられた。橋の向こうの空に、火球がひとつ現れる。両岸から、両国橋から、一斉に「おおっ」という歓声が沸きに沸いた。

眼下に大川、南天には天の川、火球は無数の光の筋となり、箒のように天の川を撫で、橋越しに大川へと星を撒いて散っていく。あとから、どん、と爆音が届く。

「まるで、流れ星が幾つも重なったみたいだすなぁ。先にぱあっと光って、音があとから聞こえるんも、面白おますな」

幸を挟んで右隣りのお竹が感嘆し、左隣りの賢輔がこっくりと頷いた。後ろの床几では梅松が「夢みたいや」と呟(つぶや)いている。

「何でぇ何でぇ、梅さん、川開きの花火なら、去年も俺たちと一緒に見たはず……」

言葉途中で、力造は黙った。

明日になれば、鉄助とお梅が居なくなる。居合わせた誰もがその事実を思ったその時。「あっ」と、皆の口から、驚きの声が上がった。

不意打ちのように、近い空に橙(だいだい)色の光の花が咲いたのだ。両国橋の手前から打ち上げられた花火は、一気に四方へと大きく開花していく。一同は床几から腰を浮かせて、菊花にも似た光の花に見入る。

夜空に放たれた玉響(たまゆら)の美しい火に、智蔵や富久の面影が重なって、幸は思わず立ち上がり、一歩、前へと足を踏みだした。

「ご寮さん、危のうおます」

すかさず賢輔が傍(かたわ)らに添い、店主を守るように川に背を向けて立った。

少し遅れて、また一面に光の花が咲く。漆黒(しっこく)の空を焼き、無数の光の花弁は、藍色に月白の帯を締めた幸の姿を儚(はかな)く照らしだした。

皆が夢中で夜空を見上げる中、賢輔だけは、唇を引き結んで、幸の横顔を見つめている。

「冷麦いかが、よく冷えてますよ」

「瓜、瓜、冷たい瓜ぃ」

花火見物を終えて、河岸をそぞろ歩くひとびとに、小屋掛けから声がかかる。料理屋に茶屋、芝居小屋に見世物小屋等々、今日の川開きを皮切りに、三月の間、夜の商いを許されるとあって、辺りは夜更けとも思われないほどの賑わいだった。

あまりの人出に、幸たちは川沿いから一本西に入った幅広の道を選んで帰路に就く。幼子や年寄りを連れた者たちで、こちらの道も込み合っていた。左側に諏訪社を経て、清水稲荷社の赤い鳥居が迫る。

ふと、前を歩いていた梅松の足が止まった。鳥居の側に腰を落とし、何やらじっと闇の底に目を凝らしている。

「どないしはったんだす、梅松さん」

その様子を気にして、かたかたと下駄を鳴らし、お梅が駆け寄った。

稲荷社は武家屋敷の敷地にあるため、皆は遠慮がちに二人を見守る。

両腕を差し伸べたかと思えば、何か小さなものを取り上げて、梅松が腰を伸ばした。お梅が手にした提灯の明かりが、型彫師の手もとを照らす。

開いた掌に載る、こんもりと小さな塊。ふにぃ、ふにぃ、と微かな鳴き声を上げている。

その正体に見当がついて、ああ、と一同は梅松を取り囲んだ。果たして、茶と黒の縞模様の子猫だった。

「目ぇが開いてるよって、生まれて半月くらいだすやろか。この時期やさかい、大丈夫やろけど、冷えたら死んでしまう」

お梅が懐から手拭いを取りだして広げ、梅松の手ごと猫を覆った。

「お梅どん、詳しおますなぁ」

大吉がしきりと感心している。

「まだ五鈴屋に奉公に上がる前、うちで猫を飼うてたんだす。親も猫好きやったさかいに、ほんま、猫に塗れて育ったんだすで」

懐かしおます、とお梅はしんみりと応えた。

ふにぃ、ふにぃ、と手拭いの下で、子猫はか細い声で鳴き続ける。

「誰ぞに捨てられたんか、それとも、親と逸れてしもたんやろか」

梅松は声を落として、掌の中の命を慈しむ。

五十にして故郷を捨てざるを得なかった梅松、両親の位牌も持ちだせず、墓参さえ叶わぬ梅松の孤独に、事情を知る者たちは思いを馳せる。

おばあちゃん、と力造夫婦の孫娘が、小さな声でお才を呼び、その袖を引っ張った。

お才は孫の手を握り、柔らかに梅松に言う。

「梅さん、梅さんさえ良けりゃあ、連れて帰ったらどうだろうねぇ。そうなりゃあ、うちの孫も大喜びさ」

お才の申し出に、梅松のいかつい顔が、切なげに歪んだ。

「お才さん、ええんやろか、甘えて」

おうともさ、とお才の代わりに、力造が大きな声で応える。

「甘えてくんなよ、梅さん。明日にはお梅さんも大坂に帰っちまう。猫で寂しさが紛れるなら何よりだ」

力造の台詞に、周囲ははらはらと固唾を呑むばかりだ。お梅は腕を伸ばし、手拭いにそっと触れる。

「梅松さん、これくらいの猫は、甘えた（甘えん坊）で寂しがりなんだすで。よう構ってやっておくなはれ」

お梅さん、と梅松は名を呼んだあと、黙り込んだ。お梅に伝えるべき言葉を探しているようだった。

「川開きの夜に、お梅さんと拾うた猫や。この猫を見る度、お梅さんが江戸に居はったこと、夢やない、と自分に言い聞かせられます」

大事に育てます、と梅松はお梅に頭を下げる。口下手で職人気質（かたぎ）の型彫師による、精一杯の心情の吐露であった。

お梅の顔が一瞬、歪んでべそをかいたようになった。

「おい、いい加減に動いてくれねぇか」

突然、背後から怒鳴り声がした。

一斉に振り返れば、老女を背負った男が、鋭い口調で言い募った。

「そんなとこで団子になって固まってられちゃあ、迷惑なんだよ」

皆は揃って頭を下げ、鉄助と佐助が「堪忍（かんにん）しとくなはれ」と丁重な詫びを口にした。それを折りに、ゆっくりと歩き始める。梅松とお梅は皆から離れて、押し黙ったままついて来る。

「ああ、歯痒（はがい）い」

お竹が独り言ちれば、菊栄もまた、

「ほんに、歯痒い」

と、呻いた。

やがて通りは、花川戸と雷門との分かれ道に差し掛かった。夜が明ければ江戸を発つ鉄助は、力造と梅松に殊更、懇篤に別れを告げる。

漸く、お梅は梅松と向き合い、梅松さん、とその名を呼んだ。

「その子ぉに、ええ名前を付けたっておくれやす」

「お梅……否、小梅いうんはどうやろか」

梅松の返事に、お梅は顔をくしゃくしゃにして幾度も頷いた。言葉は出ない。

歯痒い、と二人以外の全員が思う中、お梅は「ほな」と頭をぴょこんと下げて、くるりと踵を返す。そして、その場から逃げ去るように、かたかたと下駄を鳴らして駆けだした。ただ見送るばかりの梅松の手の中で、小梅はか細い声で鳴き続ける。

障子が星影で仄明るい。

川開きから戻って早々、床に入ったものの、なかなか寝付けなかった。微かな物音に気づいて、幸ははっと半身を起こす。

耳を澄ませると、台所で水を使う音がしていた。まだ夜明けまで大分あるが、鉄助とお梅は七つ（午前四時）にはここを出ることになっていた。朝餉と握り飯を用意するために、大吉が起きだした頃か、と幸はそっと床を離れる。安らかな寝息を立てている菊栄を起こさぬよう、身仕度を整えて、櫛を髪に挿しながら、奥座敷を出た。

思った通り、台所では、大吉が火吹き竹を用いて、懸命に竈に火を熾している。調理台には竹皮が何枚も重ね置かれ、塩壺と梅干が出番を待つ。お竹は研いだお米の水加減を見ていた。

「堪忍、堪忍」

襷をかけながら板の間に姿を現したお梅を認めて、お竹は、

「まだ早い、あんたはもうちょっと寝ときなはれ。今日は保土ヶ谷まで歩かなならんのやさかい、無理はあかん。若うないんだすで」

と、諭した。

「ああ、そのことだすけどなぁ」

板の間から土間へと下り立って、襷の結び目をきゅっと締めながら、お梅は続ける。

「ようよう考えて、今朝発つんは、止めとくことにしたんだす」

げっ、とお竹の喉が変な音で鳴った。

大吉は火吹き竹を放して、どすん、と尻餅をつく。

「ちょっ、ちょっと待ちなはれ、お梅どん」

滅多に狼狽えることのないお竹の、その声が裏返っている。

「どういうことだす。何でぎりぎりになって心変わりしたんだすか」

「へぇ、小梅だす」

微塵も悪びれることなく、お梅はお竹の傍らをすり抜けて、鍋を手に、水壺の傍らにしゃがみ込んだ。

「子猫を飼うたことのない梅松さん任せやったら、小梅が可哀そうやさかい。もうちょっとしっかり育つまで、私、江戸に居てますよって」

お梅は上機嫌で言って、鍋に水を移し始めた。

あまりの成り行きに、お竹は釜を抱えたまま土間にしゃがみ込む。その遣り取りが笑壺に入り、幸は思いきり噴きだした。

「あ、ご寮さん」

廊下の幸に気づいて、大吉は慌てて火吹き竹を手に立ち上がった。だが、流石の忠義の小頭役も、放心して動けない。

幸を見て、何ともばつが悪そうに首を竦めるお梅の右頬に、ぺこん、と笑窪が出来ていた。辛抱堪らず、幸は背筋を反らし、声を立てて笑う。

まだ曙の気配さえない。

西の空から天上にかけて、太い天の川が横たわり、北天の低い位置に、柄杓の形の星が水を受けるように浮かんでいる。

街は深い眠りから未だ目覚めず、朝の早い振り売りの姿もない。五鈴屋の店の表、提灯の明かりがひとつ、旅立つひとと見送る者たちとを淡く照らしていた。

「長々とお世話になりました」

大坂本店の番頭は、江戸本店の店主に折り目正しく謝意を伝えたあと、顔を上げて、奉公人たちをぐるりと見回す。

「佐助どん、お竹どん、賢輔どん、くれぐれも江戸本店のこと、宜しゅうに。豆七どん、大吉どん、お前はんらは、上の者の言いつけをよう聞いて、しっかりご奉公させて頂きますのやで」

口が酸っぱくなるほど繰り返した台詞を、鉄助は再度伝えて、お梅の方へと向き直った。

「ええか、お梅どん、ご寮さんと菊栄さまのお心遣いを忘れたらあきまへんで。しっかり御恩返ししなはれや」

お梅の急な変心は「江戸に移り住むことに決めた菊栄のため、江戸本店店主の配慮により、お梅を今暫くこちらで預かる」という流れで許されることとなっていた。

へぇ、と神妙な顔つきで応じて、お梅は、握り飯と水筒の入った風呂敷包みを鉄助に差しだす。

「鉄助どん、ほんに堪忍してな。お詫びの印に、お結びと陀羅尼助、私の分まで入れときましたよって」

ずっしりと重い包みを、両の手で受け取ると、鉄助は、

「それにしたかて、猫……。梅松さんでもない、散々気ぃ揉んだ私らでもない、お梅どんを引き留めたんが、猫て……」

と呻いて、やれやれ、とばかりに頭を振った。

ほんに、とお竹が太い息を吐く。

「何というか、お梅どんらしい結末だすなぁ」

誰よりもお梅のことを案じていたお竹の言葉に、菊栄が「ほんまだすなぁ」と楽しげに笑いだした。朗笑は皆に移り、一同、高らかに笑う。

「ほな、そろそろ」

笑いを収めると、鉄助は大吉から提灯を受け取った。

　幸は、鉄助の方へ一歩踏みだした。

「鉄助どん、道中、くれぐれも気を付けるのですよ。身体を大事に、決して無理はしないように」

　柔らかに告げたあと、語調を改めて続ける。

「八代目と親旦那さん、そして治兵衛さんに伝えてくださいな。一徳一心、皆、心を合わせて精進します、と」

　このひと月の間、幸と鉄助は江戸本店が本腰を入れて取り組んでいる太物商いについて、よくよく話し合った。試みが花を咲かせ実を結ぶまで、今は忍耐の時だという思いを鉄助とともに分かち合えたことは、幸にとって何よりの励みとなった。

　江戸本店店主の思いを正しく受け止めて、へぇ、と大坂本店番頭は力強く頷いた。

　頭上に錨星を戴いて、鉄助はしっかりとした足取りで歩きだす。東本願寺の裏門に続く道へと曲がる時に、一度だけ、提灯を上下に振って惜別を示したあと、大坂へと旅立っていったのだった。

第五章　菊栄の買い物

長雨のあと、焼けつくような炎暑が江戸の街を襲った。陽射しは火矢となってひとびとの肌を刺し、足もとの土を焼く。雨でぬかるんでいたことなどなかったように道は白茶けて、街中が白っぽい。七夕のための笹竹、その淡い緑の葉と色とりどりの短冊とが瑞々しい彩を放ち、道行くひとびとを慰める。

五鈴屋でも、店前に笹竹と短冊とを用意して、訪れたひとに願いを書いてもらうことにしたところ、存外、喜ばれた。裁縫上達を願う色紙が多く、五鈴屋らしい七夕飾りとなっていた。

店開け前、願いを書かれた短冊を眺めるのが、ここ数日の、幸のささやかな楽しみである。「商売繁盛」と書かれた色紙を見つけて、ふっと頬が緩む。筆跡から、豆七が書いたものと知れた。「小梅」とだけ書かれている色紙もある。まぁ、と手の甲で口を押さえて、笑いを堪える。

「五鈴屋さん、お早うございます」

挨拶の声に振り返れば、隣家の三嶋屋の店主がにこやかにこちらを見ていた。出かけるところなのだろう、風呂敷包みを抱えた手代が後ろに控えている。

「お早うございます。お暑いので、どうぞお気をつけて」

ゆっくりとした一礼で見送ったが、三嶋屋の名残惜しそうな表情が心に残った。

昨秋頃から商いが厳しくなった、と聞いていたが、今月の盂蘭盆会を前に、三嶋屋には盆提灯の注文が立て込み、大層な繁盛ぶりだった。上客に去られても、また新たなお客に恵まれたなら、商いは盛り返す。縁あって隣同士になったのだから、どうぞ末永く、と思いつつ、幸は、何も書かれていない短冊を手に取った。

賢輔の図案作りが、何とぞ、捗りますように。

筆で書き記す代わりに、短冊を両手に包んで願いを込めてから、笹竹に結び付ける。

両国の川開きに、久々に梅松と会って話したのが功を奏したのか、当初は図案もあれこれ思い浮かんだようだった。しかし、決め手になるようなものが見つからなかったらしく、またしても、墨で真っ黒に塗り潰した紙を、悔しそうに竈にくべる日々が戻っていた。

梅松の試みの作だった、鈴と鈴緒の型の出来があまりにも良かったことが、賢輔を追い詰めているのではないか――幸は最近、そう考え始めていた。

ころころと転がる丸い愛らしい鈴たち。その鈴を結ぶ鈴緒。力造の手で染められた反物を見た時の、魂を吸い取られそうになっていた賢輔の姿は、今なお忘れ難い。あの図案を超えるものを描かねばならない、というのは、かなりの負担だろう。

鈴は五鈴屋の印でもあるし、鈴緒はひととひとを結ぶ縁に通じる。五鈴屋の浴衣地として売り出すものに決めてあった。ただ、あれ一種だけでは足りない。小紋染めと同じく、色々な柄があればこそ、幅広い人気を集めることが出来る。賢輔の苦悩を間近に見つつ、諦めさせることはない。店主としての冷徹を思う。

「ご寮さん、そろそろお店、開けさせて頂きます」

暖簾を手にした豆七が、戸口から覗いていた。

こちらに向けられた背中が、少し丸まって見える。

両の肩は力なく落ちて、思案に暮れているのが読み取れた。傍らに置かれているのは、金銀細工の簪。紫の袱紗に乗せられて、煌めいている。

奥座敷に手文庫を取りに行った幸は、菊栄の様子を見て、そっと廊下を引き返した。

朝早く出かけて、夕暮れに戻る、という毎日を送っている菊栄なのだが、七夕の頃から、かれこれ半月ほど、どうにも元気がなかった。大坂から送った船荷も無事に届いたというのに、一体、どうしたのだろう。

板の間に至る手前で、幸は奥座敷の方を振り返る。

あの簪、あれは……。

金軸の先に輪が取り付けられ、そこから五本の金鎖が垂れ下がる。鎖には、心持ち大きさの異なる沢山の金と銀の小鈴がつけてあった。髪に挿して歩けば、しゃらしゃらと小鈴が可憐に鳴る。何とも心躍る簪だ。

――私はなぁ、この簪を縁に紅屋を出て、ひとり立ちするつもりだす

菊栄にそう言わしめた、件の簪だった。試みに二本作り、うち一本は幸に贈られている。

あの簪で商いを起こそうとして、菊栄は奮闘しているに違いなかった。簪を作る職人をどうするのか、何処で商うのか、どのように商うのか。整えなければならない算段は山のようにある。力になれれば、と願うし、相談にも出来る限り乗りたいと思うのだが、端から菊栄には釘を刺されていた。

――傍で見ていて心配することも多おますやろけれど、私から話すまでは、何も聞かんといておくなはれ。お頼み申します

惣次こと井筒屋三代目保晴のもとへも訪ねていったはずだが、菊栄はまだ何も話さない。幸も約束を守って、何も聞かずにいる。

苦悩の只中にいる菊栄に、ただ乗り越えられるよう祈るしか出来ないことが歯痒かった。

「お竹どん、私が餞別に贈った紬なぁ、あれ、どないしはったんだす」

朝餉の後片付けか、かちゃかちゃと器の触れる音とともに、お梅の声がしている。

ああ、あれなぁ、とお竹が応える。

「勿体ないよって、まだ仕立ててへんのだす。それになぁ、自分のためのものは、ついつい後回しになってしまう」

さよか、とお梅の気落ちした声が届く。

「まぁ、そないなりますわな。けど、お竹どんにきっと似合うさかい、何時かは仕立てて着てみせてなぁ」

二人の会話はまだ続きそうだった。何気ない遣り取りも、お梅が江戸に留まればこそ。また、菊栄のことを案じられるのも、菊栄が傍にいてくれればこそだ。

そう思い直して心が解れた時、大吉の「ご寮さん、ご寮さん、居ってですか」と幸を呼ぶ声が響いてきた。

「七代目、久しいのぉ」

大吉に案内されて、奥に現れたひとは、幸を認めた途端、相好を崩した。更紗模様の単衣に銀鼠の無地の帯、という渋い装いである。お客を迎えて、お竹とお梅は一礼して退いた。

「菊次郎さま」

幸は相手の名を呼び、さっと土間へ下り立った。

歌舞伎役者の菊次郎とは、藤の花の季節に会って以来だった。

「ご無沙汰いたしております」

「元気そうで何よりや」

土間には、藤鼠色の草履が置かれている。出かける菊栄のために、お梅が揃えておいたのだろう。それに目を止めて、女形は少し考え、

「ちょっと出られへんか」

と、幸を外へと誘った。

今日は、暦の上では白露。

朝夕、草や木の葉に露が丸い珠を結ぶ、とされるが、表通りには強い陽射しが照り

付けていた。

「今年の夏は雨続きで、一刻、米の値ぇが上がったけんど、水無月、文月、と来て、ようやっと元に戻りましたなぁ。ほんに、難儀な夏やった」

菊次郎は、茶屋の床几に腰を掛けて、傍らを幸に示す。

冷茶が運ばれ、辺りにひとが居なくなったのを確かめると、菊次郎は声を低めた。

「菊栄さんのことや」

役者の口から、友の名が出たことに驚き、幸は瞠目する。

相手の驚嘆を知り、菊次郎は意外そうに首を傾げた。

「何や、菊栄さんから私のことは聞いてはらんのか」

「はい。何をするか、誰に会うか等々、菊栄さまがお話しになるまで、私からは一切聞かない、という約束なのです」

幸の返事を聞いて、相手は「何と」と呟いたあと、楽しそうに声を立てて笑った。

「あのおひとらしい。それを守るんも、あんさんらしい。ええ仲やな。まぁ、菊栄さんにしたかて、私と知り合うたことまで伏せる必要もないやろし、早晩、五鈴屋の皆にも話すつもりやろうと思うけんど」

ほな、ここからは私の独り言や、と菊次郎は柔らかに続ける。

「皐月の、あれは端午の節句を過ぎた頃やったか。菊栄さんが、中村座に私を訪ねてみえたんや。船場の小間物商、紅屋の先代のひとり娘やと聞いて、驚いたの何の」

紅屋の先代、即ち菊栄の父は、耳掻き付き簪で財を成した時に、大坂の歌舞伎界を盛大に支えたことで知られている。大坂から江戸へ下った歌舞伎役者の中には、当時の恩を忘れぬ者も多い。

「亡うなった兄も私も、それに富五郎かて、大坂に居た頃は、えらい世話になりましたのや。どないなことでもさせてもらおう、力になろう、と思いますわなぁ」

菊次郎の贔屓筋で、金彫師の名工が居る。口添えをして引き合わせ、あとは菊栄が交渉をして、一党の力を借りられそうなところまで行った。

「もとは刀の鍔の飾りを任されてた一族でなぁ、そこから金銀細工の錺師にならはった。難しい簪かて見事に仕上げてくれるはずやった。ところが先達て、親方が倒れはってなぁ」

早くも跡目争いが始まり、揉めに揉めて、菊栄との話も壊れてしまったのだという。

「本人にしたら、順当に算段を整えて、年内に目途だけでもつけたかったんと違うか。あないに条件の揃うた相手はそうそう見つからんやろから、辛いところやなぁ」

「話が壊れたのは仕方がないとして、菊栄さまの考えられたあの簪、その一党の誰かに形を盗まれたりはしないでしょうか」

　誰かに先を越されてしまえば、猿真似の誹りを受けかねない。それは五鈴屋の浴衣地でも、幸が常に気にしていることだった。

「どやろか……。しかし、錺師いうんは職人やさかい、品を作っても売り方は知らん。紅屋の血筋を引く菊栄さんには敵いませんやろ」

　幸の気持ちを慮ったのか、菊次郎は「それになぁ」と、柔らかに言葉を補う。

「『秘すれば花』ではあるけれど、事情を打ち明けて協力を仰がなならん相手も出てくる。どないするかは難しいところやが、ひとの考えたものを盗む輩に、ええものが作れるわけがない。一番大事なんは確かな品であること。その次が、売り方と広め方や。後先を競うより、ほんまもんを作ることやと思いますで。ほんまもんこそが、後々まで残りますよってになぁ。菊栄さんにも、そない伝えましたんや」

　菊栄に向けた助言は、しかし、幸に向けられたものでもあった。一語一語を胸に刻んで、幸は菊次郎の双眸を見つめ、ゆっくりと大きく頷いた。

「ああ、長々と独り言を続けたさかい、喉が渇いた。済まんが、お茶をもう一杯、おくれ」

　あとの台詞を茶屋娘に言って、菊次郎は両の腕を開き、大きく伸びをした。

土埃を上げて、一陣の風が吹き抜ける。辺りの熱気をさっと払う、爽やかな秋の風であった。

彼岸を過ぎて、少しずつ昼が短くなった。

あれほど厳しかった残暑も去り、気づけば葉月も残り八日、明日は寒露だった。

肌寒さを覚える季節を迎え、温かな木綿を求めるお客で、五鈴屋は賑わっていた。

縞木綿の反物を二反、風呂敷に包んで大事そうに胸に抱えて、お客が座敷から土間へと下り立つ。

「ありがとうさんでございました」

主従が声を揃え、大吉が暖簾を捲り上げてお客を見送る。

裁ち方を指南するようになってから、最初は子どものための切り売り、今は自分や亭主用にと、ああして反物を買っていくお客が増えていた。

大坂に住んでいた頃は、商家ばかりに目が行った。この田原町に店を開いてみて、お江戸には何と色々なひとが住んでいるのか、と感心する。浅草界隈に住まうのは、およそ六万人。商人や職人のほか、寺社関連、武家に百姓に遊女、と様々だ。遊里が近いせいか、落籍されて女房になった者もいて、裁縫の出来ないことで悔しい思いや切ない思いをすると聞く。

「色んな太物商を覗いたけれど、ここみたいに裁ち方を教えてくれるところは、他にないからねぇ。まぁ、この店の遣り方を真似しようたって、まず無理だろうけど」

お竹に裁ち方を見てもらっていたお客が、誰に言うともなく呟いた。居合わせたお客が「うん、うん」とでも言いたげに首を縦に振っている。

「ここを贔屓にしたいけど、お大尽じゃないからさ、そうそう反物を買う訳にもいかない。お礼に、何か手伝えると良いんだけどねぇ。雑巾でも縫うとかさぁ」

「大したことは出来ないけど、鼻緒なら作れるから、手伝えるかも知れないね」

おかみさんたちは、ひそひそと話し合っていた。創業日に配る鼻緒のことだと知れて、温かな気持ちが嬉しく、主従は密かに眼差しを交わし合った。

その夜、珍しいものが、五鈴屋の夕餉のお膳に載せられた。

「今日は菊栄さまのお土産の、蓮飯だすで」

蒸し直した蓮飯を、お梅が浮き浮きと飯碗に装う。

「蓮飯って、私ら、生まれて初めてだす。なぁ、大吉」

「へぇ、どないな味か、楽しみだす」

湯飲みにお茶を注ぎ分けて、豆七と大吉がこそこそと話していた。

「菊栄さま、湯島に行かはったんだすか」

佐助に尋ねられて、ふん、と菊栄は甘やかに頷く。

「来月になぁ、湯島で何や面白い催しがあるそうなんだす。今日はその下見に行ってきました」

湯島の不忍池には、蓮が群生している。初夏の頃、紅白の美しい花を咲かせるので、花見客を見越して、近隣の茶屋が蓮飯を供するようになった。以来、蓮飯は湯島の名物として知られる。蓮の若葉を刻んで入れたり、葉に包んで蒸したり、と店によって作り方も味わいも異なる。菊栄の土産の蓮飯は、ころんと丸い蓮の実を糯米に混ぜて蒸し上げたものだった。

「美味しおますなぁ」

湯気の立つ蓮飯をひと口、大きく頬張り、佐助は感嘆する。

同じく、生まれて初めて蓮の実を口にした五鈴屋の主従は皆、「お菜要らずだすなぁ」と、舌鼓を打った。

「お梅どん、今日は梅松さんとこだしたやろ？　どんな様子だした？」

お膳を下げて回るお梅に、菊栄がふと尋ねる。今朝がた、幸がお梅に力造宅への使いを頼んだことを、覚えていたのだろう。

へぇ、と応じるお梅の右頬に、ぺこんと笑窪が現れた。

「もう私のことが好きで好きで堪らんようで。隙あらば、しがみ付いてきますのや」

ぶわっ、と賢輔が盛大にお茶を噴く。

豆七は顎を外しかけ、大吉は真っ赤になって俯いた。

手代と丁稚の様子に、佐助と幸と菊栄は、懸命に笑いを堪えている。

お梅どん、とお竹が首に筋を立てて憤った。

「一体、何の話だす。子どもの前だすで、変な物言いは止めなはれ」

「何の話、て。小梅だすがな。拾うてから三月、随分としっかりしてきたんだすが、何せ甘えた（甘えん坊）で」

お梅はそう言って、でれでれと目尻を下げている。

皆の朗笑で、板の間は沸きに沸く。ひとしきり笑ったあと、幸はふと菊栄を見た。晴れやかな笑顔の菊栄に、良かった、と密かに胸を撫で下ろす。菊次郎から事情を聞いていたが、暫くは覇気のない菊栄だった。このところ、足繁く堺町に通っているようなので、何か進展があって、物事が良い方に向かい始めたのだろう。

「そない言うたら、今日、お隣りの三嶋屋の小僧さんが」

板の間から土間へ、お膳を手にしたまま移りながら、お梅がふと思い出した体で、口を開いた。

「えらい泣きごとを言うてました。何や知らん、旦那さんが店を売ることを考えてはるそうだすで。買い上げてくれそうな、心当たりを探してはる、て」

お梅の言葉に、佐助がはっと幸を見る。

三嶋屋の店主から家屋敷買い取りを望まれたことは、佐助と幸とお竹しか知らないことだった。話が持ち込まれたのは、卯月の末近く。四月ほど、返事をしないまま過ごしている。充分に時をかけて考えてほしい、と言われていたため、断り時を見失っていた。それに、傍目には、三嶋屋の商いも、盛り返しているように映った。

そら気の毒だすなぁ、と豆七がくよくよと頭を振る。

「奉公先が売り飛ばされるって、えらい切ないことだす。そない言うたら、私、三嶋屋の旦那さんからの伝言を伝え忘れたことがおましたなぁ」

お竹どんに、えらい叱られてしもて、と手代は萎れて見せた。

手にしたお膳を、ばんっ、と音を立てて置き、お竹は憤怒を露わにする。

「向こうの小僧も、うちの手代も、どんならん（どうにも仕方がない）。奉公人が店の内々のことを外に洩らすんも、頼まれたことを店主に伝え忘れるんも、大坂やったら許されまへんのや」

とんだ藪蛇になり、豆七は板敷に額をついて詫びることとなった。

話題が逸れたことに、幸と佐助はほっと息をつく。それまで楽しそうにしていた菊栄が、開いた掌を顎に置いて、何やら思案に暮れていた。

廊下に置かれた瓦灯が、半分開いたままの襖を照らしている。座敷の中を覗けば、行灯が点り、反物を愛でている菊栄の姿を浮き上がらせていた。

敷布に広げられているのは、鈴と鈴緒の紋様の、件の藍染めの浴衣地である。常は文机の上、母の形見の帯の隣りに、白布に包んで置いてあった。

菊栄さま、と静かに声をかけて、座敷に入る。

「ああ、幸」

入室する幸を認めて、菊栄は、申し訳なさそうに両の手を合わせた。

「勝手に広げて、堪忍しておくれやす」

いえ、と幸は柔らかに応えて、反物を挟んで菊栄の前に座った。ともに、試みの浴衣地に見入る。

淡い光のもと、丸い鈴と白波を思わせる鈴緒が何とも美しい。

「何遍みたかて、飽きることがない。美しいて、清らかで、魅入られてしまう。それに何より、見る度に励まされます」

励まされる、と口の中で小さく呟いて、幸は視線を反物から菊栄へと移した。菊栄は、きゅっと目を細め、そうだす、励まされるんだす、と繰り返す。

「白い紋様を際立たせるために、反物の両面に糊を置くことを考えつかはった力造さん、白子から江戸に移り住んで、試みの図案に鈴と鈴緒を選び、型紙を彫らはった梅松さん。これを基に、新たな図案を考える賢輔どん。それに、売り出しを担う五鈴屋の皆。新しい着物が産声を上げるところに立ち会わせてもろてますのや。私も挫けてなんぞおられへん。もっともっと精進しよう、と思います」

微かに語尾を震わせて、菊栄は言の葉を結んだ。

りーん、りーん、りーん、と障子の外、鈴虫が美しい音色を奏でている。ふたりは暫く黙って、虫の音に耳を傾けた。

どれほどそうしていただろうか、幸、と菊栄が低い声で幸を呼んだ。居住まいを正し、切りだす。

「教えてほしいことがおます」

反物を愛でる表情から一変、厳しい顔つきだった。

幸もまた頰を引締め、菊栄の方へと身を傾ける。

「何でも仰ってくださいませ」

「三嶋屋いうんは、西隣りの提灯商いのお店だすやろ」

菊栄の問いかけに、はい、と幸は首肯する。

幸の返答を受けて、菊栄は言葉を選びつつ、さらに尋ねる。

「仮に私が三嶋屋の主人で、店を手放さなならんとしたら、まず五鈴屋に買うてほしい、と思いますやろ。地続きやし、何より、商いの姿勢も店主の気心も知れてますさかいになぁ。向こうから、そないな話はなかったんやろか」

やはり、そのことか、と幸は先刻の菊栄の様子を思い浮かべつつ、頷いた。

「はい。仰る通り、お話を頂戴しました。菊栄さまが江戸に着かれる少し前でした。商いが思わしくなく、遠州の方へ移ることを考えている、と」

親が創業した場所でもあり、心残りがあること。三嶋屋からの申し出なので、値も相談に応じる、ということ、等々。その折りに聞いた内容を、出来る限り忠実に、幸は菊栄に伝えた。

一心に耳を傾けて聞き終えたあと、ほうか、と菊栄は頷いた。

「地続きやし、何よりの話やと思うんだすが、五鈴屋はどないしはるおつもりだすか？」

それは、と少し躊躇ったあとで、幸は、

「受けることは出来ません。呉服商いを絶たれた今は、店を広げる余裕はありませんので」

と、答えた。

「ほな、その話、私が受けても宜しいか」

問いかけでありながら、きっぱりとした物言いであった。

その台詞の意味を受け止めかねて、幸は戸惑う。「その話」とは、三嶋屋買い上げの話で、「私が受けても」は菊栄が買い上げに名乗りを上げる、ということか。

まさか、と動揺しつつ、幸は改めて菊栄に問い質す。

「菊栄さまが、あの店を買い上げる、ということですか」

「そうだす、私が三嶋屋を買い上げるんだす」

菊栄は幸の双眸を覗き込み、明瞭に答える。

思いがけない話に、幸は声を失した。

菊次郎から、菊栄があてにしていた錺師との話が壊れたのを聞いたのは、ひと月ほど前のこと。たとえ、何らかの進展があったとしても、そこからいきなり商いの目途が立つとも思われない。それなのに、あの大きな家屋敷を買うなどと、あまりに無謀ではなかろうか。

白雲屋を居抜きで買い上げた際、五鈴屋が支払ったのは金百五十両。白雲屋の抱える事情もあり、随分と破格な値であった。

三嶋屋は、白雲屋の倍以上の敷地と建前。幾分、値引きをしてもらったとしても、かなりの買い上げ額になることは明らかだった。

――亡うなった父から『万が一の時に』と預けられてたお宝もおますし、ひとの知恵も借り、算段もし、私の取り分はちゃんと為替にして持ちだしてます

先達て、菊栄から打ち明けられた話が、脳裡を掠めた。

ああ、と幸は改めて思う。商うのは贅を尽くした簪で、相当に元手がかかる。あらゆることを踏まえて、菊栄は潤沢な資金を手に、江戸へ出て来たに違いないのだ。何の算段もなしに、こうした話を切りだすひとではなかった。

しかし、それでもやはり、賢明な判断だとは思われない。

菊栄さま、と幸は言葉を選びつつ、唇を解く。

「何故、突然に、そのような話をされるのでしょうか。何か、格別のお考えがあってのことでしょうか」

幸の問いかけに、ふん、と甘やかに菊栄は頷いた。

「前々から考えていたことだす。大坂と違うて、江戸には女名前禁止の掟がない。私の名で家持ちになれます。江戸へ出たらまず、家屋敷を用意しようと決めてました」

　何処に店を構えるか、今日まで江戸中を歩き回って考えた。地価、ひとの流れ、競合する店等々、主だったところを知れば知るほど、五鈴屋がこの場所に店を持ったのは慧眼だと感じ入る。

「この土地で、あの広さ。これから先、こないに思い通りの店が見つかるとも思われしまへん」

　ですが、と幸は食い下がった。

「商われるのは、さほど場所を取らない簪。あれほど大きな店が要るとも思えません。菊栄さまから話してくださるまで、何も聞かない、と決めておりましたが、あまりに危うい、と思うのです。家持ちになられるのは、せめても、商いの目途が立たれてからでも宜しいかと存じます」

　菊栄は黙って、幸の顔をまじまじと見つめた。穴が開くほど見つめられて、戸惑う幸に、友は目もとを和らげる。その瞳が潤んでいる。

「おおきになぁ、幸。幸は心底、私の身ぃを想うてくれてはるんだすなぁ」

　けど、大丈夫だす、と菊栄はきっぱりと言った。

「『胸中に成竹あり』て言いますやろ。絵師が竹の絵を描く時、その胸の中に、描き上がった絵が既にある。せやさかいに、筆を取ったら迷いもなしに一気に描き上げることが出来る、て。それと同じで、私も、ここに」

開いた掌を胸にあてがって、菊栄は続ける。

「ここに勝算がおますのや。幸の言う通り、あの店は、今は大き過ぎるように思われるかも知れん、けど、いずれ、器に合わせてみせます」

菊栄はそう言って、艶やかに笑んで見せた。

「何だすて」

翌朝、奥座敷に呼ばれて話を聞かされた佐助は、零れ落ちそうなほどに眼を剝き、言葉を失っている。

隅に控えていたお竹は、存外、淡々と受け容れているように、幸の目には映った。昨夜の、板の間での話の流れと菊栄の様子に、もしかすると、思う所はあったのかも知れない。

「けんど、その、支払いは、支払いは、どないしはるんだすか」

辛うじて声を発した佐助に、菊栄はにこにこと応える。

「本両替商の井筒屋さんに為替を預けてますよって、すぐに支払えます」

本両替商の井筒屋、と繰り返して、佐助ははっと顔色を変えた。

「もしや、あの……あの、井筒屋だすか」

佐助の問いに、菊栄は澄まして答える。

「『あの井筒屋』か『この井筒屋』かは知りませんけどな、井筒屋三代目保晴さんとは、懇意だすのや」

これには流石のお竹も、後ろに倒れそうなほど仰け反った。佐助は佐助で、池中の鯉の如く、声もなく口をぱくぱくと開けている。

幸と菊栄は思わず顔を見合わせ、笑みを交わした。そして、奉公人の驚愕を払うように、五鈴屋江戸本店店主は、ぽん、と両の手を打ち鳴らす。

「善は急げ、と言います。お竹どん、三嶋屋さんへ行って、先方のご都合を伺っていらっしゃい。佐助どんには立ち会いを頼みます」

未だに肝を潰したままの佐助を尻目に、へぇ、とお竹は応え、座敷を出ていく。

すぐにでも、との返事を得て、幸は菊栄と佐助を伴い、隣家を訪ねた。

「これはこれは、五鈴屋さん」

気が急くのか、三嶋屋店主自ら、表まで迎えに現れた。店主は、佐助の黒羽織に目を止めて、話の中身を察したのか、安堵の色を滲ませる。

奥座敷に通され、早速と交渉が始まった。

「何と」

買い手が五鈴屋ではないことに、三嶋屋は面食らい、狼狽える。だが、菊栄と五鈴屋の関わりを知り、五鈴屋が請け人となると聞いて、気を取り直した。さらには、

「これだけの所帯を移すとなると、大変だすやろなぁ。お代はすぐにお支払いしますが、引き渡しの方は、何ぼでも待たせて頂きまひょ。こちらは急ぎませんよって、来夏でも宜しおます」

という菊栄本人の言葉に、愁眉を開いた。

店主自らが持ち込んだ話ゆえ、相場よりも控えめな売値が提示された。菊栄は、少し上乗せした額を申し入れ、その場で話が決まった。

「これで漸く、息がつけます」

この通りでございます、と三嶋屋の店主は畳に額を擦り付けた。

細かい打ち合わせは日を改めることにして、三人は胸を撫で下ろしつつ、五鈴屋に戻った。

「お梅どん、お梅どん」

土間を駆けて、菊栄はお梅を呼ぶ。

「買いましたで。買（こ）うてきました」

「何をだす？　菊栄さま、何を買うてきはったんだすか？」

事情を知らないお梅は、台所の土間に屈（かが）んで器を洗いながら、のんびりと続ける。

「あぁ、ひょっとしてまた『おこし』だすか。あれは美味しいけど、歯ぁに悪うおますで」

「もうちょっと大きい買い物だすのや」

腰を落として、お梅の顔を覗き込み、菊栄はにこにこと告げた。

「お隣りの店、地べたごと買うてきました」

はぁ、そうだすか、とお梅もつられて、にこやかに応える。

「お隣りの店を地べたごとだすか、そら、ええ買い物……」

お梅の手から、洗いかけの茶碗が落ちた。

「地べたごと……地べたごと、て」

第六章　切磋琢磨

馬追、螽斯、鈴虫、邯鄲、と秋の虫の演者が増え、今年もまた、ひとびとの着物に裏を付ける季節を迎えていた。

その頃、湯島で面白い試みがなされ、学者や通人たちの間で、大層な話題となった。本草学者の田村元雄が、諸国から集めた薬草や鉱石などの披露目をしたのだ。初めての催しでもあり、江戸に居ながらにして、諸国漫遊をした気持ちになれる、と好評であった。

「あ、菊栄さま」

店の表を掃除していた大吉が、目ざとく菊栄を見つけて、「お帰りやす」と声をかける。菊栄の戻りを知って、幸も土間から外へと迎えに出た。

「お帰りなさい、菊栄さま」

「今、戻りましたで、幸」

にこにこと上機嫌の菊栄の後ろに、よくよく見知った人物がふたり。

ひとりは薄紫の長着に深藍の羽織姿の、何とも不思議な色香の漂う男、今一人は、江戸紫の縮緬の頭巾を被った若い娘に見える。

「菊次郎さま、吉次さん」

菊次郎とは白露の頃に会ったが、吉次こと二代目吉之丞とは、久方ぶりの再会であった。

江戸紫の頭巾のせいか、それまでの可憐な美しさに加え、爽やかな色気と気品の備わった二代目の姿に、幸は見惚れる。

おいでなさいませ、と懇篤に挨拶する店主に、菊次郎は、

「今日は菊栄さんに誘うてもろて、湯島に行ってましたんや。土産に蓮飯でも、と思うたが、こっちにしましたで」

と、角張った風呂敷包みを差しだした。

両の手で受け取ってみれば、経木の折り箱入りだろうか、ずっしりと重く、ぬくぬくと温かい。

「菊栄さんが家持ちになったさかいにな、お祝いの赤飯や」

「ありがとうございます。お二人とも、どうぞ、奥へ」

暖簾を捲って中を示す店主に、菊次郎は「いやいや」と軽く頭を左右に振った。

「このあと、用事が控えてますのや。またゆっくりなぁ。菊栄さんも、今日は大層面白かった。おおきに」

ほな、と菊次郎は朗らかに告げて、吉次を伴い、帰っていく。

行き交うひとびとは、二代目吉之丞だと気づいて道を譲り、眩そうにその姿を眺めていた。

「湯島の物産会に出かけてました。前に噂を聞いて、一遍、行ってみたかったさかいになぁ」

お客で賑わう表座敷、裁ち板に向かうお客らの居る次の間、と土間伝いに過ぎながら、菊栄は幸せそうに言った。

先達て、菊栄の口から「湯島で面白い催しがある」と聞いたが、それが今日の行き先だったのだろう。しかし、物産会とは初めて聞く言葉だった。

「薬品会とか、本草会とか、そないな風に呼ぶお方も居ってだすが、琉球みたいな遠い遠い国の、珍しい草や石を見られたんは、ほんに楽しおました。ひとつ所に色んな物を集めて一遍に見せる、いうんは知恵だすなぁ」

くたびれたのか、板の間の上り口に腰を下ろすと、菊栄は続ける。

「二代目吉之丞さんが、何や伸び悩んではるそうで、師匠の菊次郎さんから、何ぞ息抜きをさせたい、と相談されました。物産会に並んでいるのは、全部、ほんまもんやさかい、芝居にも役に立つんやないか、と思うて、お誘いしたんだす」

そこまで話して、菊栄は店の方を気にする素振りを見せた。

表座敷では、「他も見せてもらおうか」「へぇ、これなど如何だすか」と、買い物客と奉公人らの丁寧な遣り取りが重ねられている。その慇懃に耳を傾けて、菊栄は密やかに打ち明けた。

「菊次郎さんの言葉に、賢輔どんのことを思うたんだす」

幸の方へと身を傾けて、菊栄は声を低める。

「なぁ、幸、あれから賢輔どんは、どないだす？　ええ図案を考え付いたんやろか」

それが、と幸は小さく頭を振った。

賢輔による新たな図案への取り組みは、今なお続いている。図案が仕上がらないことには型彫も型付も叶わない。力造も梅松も、それぞれに今できる精進を重ねているが、賢輔本人にすれば、かなりの重責であろう。

「賢輔どんには、随分と辛い思いをさせています」

「ほうか……。如月からずっとだすやろ。賢輔どんも、しんどいことだすなぁ」

菊栄は暫し思案して、改めて口を開く。

「どやろか、幸、一遍、私が賢輔どんと話してみまひょか。私も簪の図案を考えるのに苦労したさかい、何ぞ心に届く遣り取りが出来るかも知れまへん」

物産会が実に面白かったこと、諸国の様々な珍しい物、美しい物に触れて、二代目吉之丞が随分と感銘を受けていたことを挙げて、「物産会は何度見たかて楽しいし、今度、賢輔どんを連れて行きとうおます」と、菊栄は幸に提案した。

賢輔の抱える事情に目が行くほど、菊栄が気持ちの余裕を持てていることに、幸は内心、とても安堵したのだった。

その日の夕餉に、菊次郎の湯島土産が振舞われた。

「お赤飯って、美味しいおますなぁ」

お梅がしみじみと幸せそうに箸を運ぶ。

「菊栄さまが三嶋屋さんを買い上げはったこと、私はもう誇らしいて、誇らしいて。せやけど、あない広い家に菊栄さまおひとりでは用心が悪うおますよって、私がご一緒せなあかんと思うてますのや。小梅も引き取って、一緒に連れて行きまひょなぁ」

小梅とともに隣家で暮らす気満々のお梅に、皆、笑いを嚙み殺している。

「ああ、せや、お梅どん。お才さんのとこへ、お赤飯のお裾分けに行きましたやろ。

梅松さん、どないしてはった。小梅と違いますで、梅松さんの方だす」

菊栄に問われて、へぇ、とお梅は少しばかり肩を落とした。

「小梅を相手にしている時は笑うてはりますけど、あとは口も利かんと恐い顔して。今に始まったことと違います。もうずっと、そんな調子で。何や、私の知ってる梅松さんとは別のおひとみたいで、近寄り難うて……」

お梅の話を聞き終えて、賢輔は唇を引き結ぶと、一礼して、そっと席を立った。

菊栄は幸に頷いてみせてから、板の間を出て行く賢輔のことを、目立たぬように追った。

二日後、昼を過ぎてから、菊栄は賢輔を供に、湯島の物産会に出かけていった。店を抜けるため、気が進まない様子の賢輔を、菊栄が強引に連れだしたのだ。

ゆっくりと物産会を堪能したのか、一刻半（約三時間）ほどして戻ったが、よほど楽しかったのだろう、行きとは打って変わって、満ち足りた表情になっていた。息抜きになったようで、幸はほっとする。

仕事を終えて、奥座敷に戻った幸を認めて、「ああ、幸」と菊栄が筆を持つ手を止めた。帳面に何かを書き綴っていたらしい。

傍らに座った幸に、帳面を示して、

「今日の物産会で知ったことを、書き留めておこうと思いましてなぁ。一度では見落とすこともおますし、今日、行っておいて、ほんに宜しおました。賢輔どんも、珍しい薬草やら石やらに、随分と心を動かされてましたで。丁度、二代目吉之丞さんがそうやったようになぁ」

と、笑みを浮かべる。

まだ濡れている墨を乾かすべく、菊栄は帳面を持ち上げて扇いだあと、徐に、幸へと向き直った。

「賢輔どんと、話しましたで」

簪と着物という違いはあれど、同じく図案を描く者同士として、二人で色々なことを話し合ったという。

「賢輔どんを追い詰めてるんは、どうやら、あれのようだす」

そう言って、菊栄はすっと視線を文机へと移した。母、房の形見の縞木綿の帯と並んで置かれているのは、件の藍染めの浴衣地であった。

「鈴と鈴緒の紋様、あの図案の出来があまりにも良過ぎて、賢輔どんは何を描いても、乗り越えられんように思うてしもてますのや」

　菊栄の言葉に、ああ、やはり、と幸は頷いた。

　これは辛い。賢輔ばかりではない、梅松にとっても辛い。よもや己の試みの品が賢輔の手かせ足かせになっているとは、梅松は思いもしまい。

　菊栄さま、と幸は声低く呼んだ。

「菊栄さまは賢輔に、どのような助言をなさったのでしょうか」

　幸の問いかけに、菊栄の目もとがふっと和らいだ。

「私は簪の図案しか考えたことがおまへんが、大事なんは、誰に、どんな風に挿してもらいたいか、いうことだすやろ。私の場合、自分が簪を使う女子やさかい、思い描き易い。けど、男の簪職人はどないだすやろか」

　玉簪に平打ち簪、と巷には美しい簪が溢れている。簪を挿さない男の職人が何故、美しい簪を生みだすことが出来るのだろうか。

「道を究めた職人なら、作りたい簪はもう頭の中にちゃんとありますやろ。けれど、初めのうちは、惚れた女子やら役者やら、そのひとの髪に挿してみたい、と思い描くもんと違いますやろか。『誰か』を想うことで、生まれる簪はきっとおます。賢輔どんには、『惚れた女子はんでもええし、身近なひとでもええ、自分にとって大事なひとに着せてみたい、と思う柄を描いたら宜しい』と伝えました」

伊勢型紙を知り尽くし、型彫の腕利きでもある梅松が考えついた、鈴と鈴緒。越え難い、という呪縛から賢輔を解き放つことが出来るのは、『大切なひとに着せたい、着てもらいたい』という一念のみではなかろうか。

「ひとの想いに優るものは、そうそう無いですやろ」

菊栄は、しんみりと話を結んだ。

神無月、二十日。

京坂では「誓文払い」と言って、商人が方便としてついた嘘を許してもらう日だが、江戸では「恵比須講」。各商家で恵比須さまを祭り、親類縁者を招いて盛大な祝宴を開くのが習いであった。

「日本橋音羽屋の恵比須講の、まぁ派手なこと、派手なこと。市村座の役者が勢揃いだそうな」

「二代目吉之丞もかい？　今から行けば、ちらりとでも拝めるのかねぇ」

日本橋から一里（約四キロメートル）ほど離れた、ここ田原町でも噂になるほどの、日本橋音羽屋の恵比須講だった。

「おおきに、ありがとうさんでございました」

お客を送って外に出た大吉に、

「五鈴屋さんとこは、恵比須講はしないのかい？」

と、通りすがりの者が声をかける。

日本橋音羽屋の店主が五鈴屋江戸本店店主の妹であること、その姉が十二支の文字散らしの型紙を「嫁資」として妹に持たせたことなど、両店を巡る噂を知る者も多い。

へぇ、と大吉はにこやかに応じる。

「五鈴屋では、お客さまが恵比須さまだすよって、今日も精一杯にお迎えさせて頂いています」

縁者を招いての祝宴はしないが、その分、お客に喜んでもらえる商いを、というのが、五鈴屋江戸本店の考えであった。さり気なくそれを伝える大吉の切り返しに、

「上手いこと言うねぇ」

と、辺りから笑い声が起こった。

隣家の三嶋屋の奉公人が、感心した体でその遣り取りを眺めていた。

「五鈴屋さんは、実に良い奉公人を育てておられますねぇ」

七つ（午後四時）過ぎ、恵比須講の赤飯のお裾分けを手に、五鈴屋を訪れた三嶋屋

の店主が、つくづくと言った。

「そうですか、大吉が」

受け取った重箱をお竹に渡して、幸は頰を緩める。

手代の豆七、丁稚の大吉、ともに八代目からの大切な預かり者だった。じかに商いに関わる手代とは異なり、丁稚は店の表や奥を問わず、使い走りなどの雑用を一手に引き受ける。それでも、商人として順当に育ってくれていることがありがたい。

「菊栄さまにくれぐれも宜しくお伝えくださいまし。ご厚情により、私どもも時をかけて店を遠州に移すことが出来ます」

三嶋屋と菊栄との間で、店の明け渡しは来夏と決まっていた。無論、三嶋屋は菊栄に店賃を払うのだが、その間に、江戸に残る奉公人たちの次の働き口も吟味できる。

店主は「ありがたい」を繰り返して去った。

「お赤飯はお梅どんの好物だすよって、喜びますで」

赤飯を御櫃に移し替えながら、お竹は上機嫌だった。

「お竹どん、済んまへん」

座敷から、豆七が呼んでいる。

「お客さんが柄合わせをお尋ねだす」

幸はお竹から杓文字を取り上げて、

「あとはやっておきますから、店の方へ行きなさい」

と、小頭役を促した。

片付けを終えて、替えの手拭いを取りに行くため、台所を出た。店の間ではお客らが反物を間に置いて、奉公人らと朗らかに談笑している。座敷の雰囲気がとても温かく柔らかいことに、幸は満ち足りた思いで階段を上った。

奥の物置に行くには、奉公人らの部屋を通らねばならない。賢輔がいつも図案を描くために用いている文机が目に留まった。いつもは紙の束が載っているのだが、今は随分とすっきりしている。代わりに、目立たぬよう文机の下に手文庫が置かれていた。

何かしら、と思い、幸は躊躇いつつも、小振りな箱を手に取り、蓋を取る。中から紙の束を取りだして、そっと開いた。

「ああ、これは……」

賢輔が描いた、新たな図案であった。

一枚目は柳に燕、二枚目に団扇、三枚目は蜻蛉。いずれの柄も夏物に多いものだが、飛翔する燕や団扇の散り具合、蜻蛉の愛らしさなど、賢輔らしい工夫が施され、新味があった。藍色に白抜きすれば、きっと映える。賢輔の精進に感じ入りつつ、元通りに仕舞おうとした時、手文庫の底に、白い紙が残るのを認めた。手で探ってみれば、ひとの眼から隠すように二枚の白紙の間に、挟まれた図案がある。

開いてみて、はっと幸は息を呑んだ。

川開きの日に見た、夜空一杯に広がる花火。乱れ菊の花弁を思わせる花火を描いたものだった。図案と言うよりも、頭の中にあるものをざっと描いた素描に近い。

しかし、美しい。手を入れる前だろうに、既に美しい。だが……。

花火を型紙に起こすには、繊細な錐彫りだけでは、無理なのではないか。

おそらく、賢輔もそう考えたからこそ、この図案を手文庫の底に隠すように仕舞っていたのではなかろうか。

賢輔と梅松、双方の精進と思いを知る身、どうしたものか、と悩みつつ、幸は元の通りに図案を手文庫へと戻した。

今年の霜月は、二の酉までだった。

「三の酉が無かったさかい、火事も少ないようで、何やほっとしますなぁ」

柱暦を眺めて、「一年、早うおますなぁ」と、お梅がのんびり呟いた。

小梅を理由に江戸での滞在を延ばしたお梅だが、半年過ぎた今も、大坂へ戻るとは言わない。そろそろ正式に、五鈴屋江戸本店の奉公人として人別帳に記載した方が良い。八代目と相談の上、「人別送り」の手続きに入らねば、と幸は思った。

師走に入り、江戸の街は一気に極寒となった。節季を迎えて、懐まで底冷えがする。それでも健気に、新しい年に向けての準備に勤しむ江戸っ子たちである。

師走十四日、赤穂義士の討ち入りと同じ日、五鈴屋はこの地に店を開いて丸六年を迎えた。珍しく菊栄も朝から店に居て、甲斐甲斐しく皆を手伝った。

蔵前屋と近江屋から祝いの品が、また、恒例の祝い酒も匿名で届けられた。ことに菰を巻いた見事な樽酒が店の表に飾られると、ひとびとの足が自然に止まる。

昨年は、日本橋音羽屋からも届け物があった。それで気が済んだのか、今年は音沙汰もなく、主従をほっとさせていた。相手の胸のうちなど知る由もないが、五鈴屋がさまざまな工夫により売り上げを伸ばしていることは、結の耳にも入っているだろう。しかし、何せ太物ゆえ、実入りも呉服には遠く及ばない。その事実に、相手は満足し、留飲を下げたのではなかろうか。いずれにせよ、穏やかな朝だ。

青みがかった緑色の暖簾が揚げられると同時に、次々とお客が店に吸い込まれていく。例年と少し異なるのは、子どもの手を引いたおかみさんたちの姿が目立ったことだ。

「五鈴屋さんのお陰で、初めて、この子に着物を仕立ててやることが出来ました」

「うちは先月の七五三に、反物から仕立ててやったのさ。絹織じゃないけど、亭主だって私だって古手(ふるて)ばかりだったから、嬉(うれ)しくてね」

古手で育ち、古手しか身に纏(まと)ったことのない親にとって、我が子に反物から仕立てた着物を着せたい、というのは切実な願いだった。手頃(てごろ)な太物、そして反物の扱い方から裁ち方まで手解(てほど)きしてもらえればこそ、その願いが叶(かな)ったのだ。

「景気よくまた新しい反物を、というわけじゃないのが申し訳ないんだけど」

子連れのおかみさんたちは、そう言って恐縮している。

「こちらの方こそ、ありがとうさんでございます。お陰(かげ)さんで、今年は沢山のおかたに、鼻緒を差し上げることが出来ます」

お竹は丁重に言って、盆に並べた鼻緒を示す。色とりどりの木綿の鼻緒は、おかみさんたちが「お礼に」と申し出て、手伝ってくれたからこそ用意できたものだ。

お竹に言われて、おかみさんたちは、ほっと安堵(あんど)の笑みを浮かべた。

「何だい何だい、ただ礼を言いに来ただけかよ。しけた客ばっかりだねぇ」

きつい台詞(せりふ)とは裏腹に、揶揄(やゆ)する者の声も温かい。

そうした遣り取りをじっと眺めていたお客が、つくづくと感嘆する。

「五鈴屋さんのこの雰囲気は、滅多とあるものではない。毎年、感心するばかりだ」

本当に、と傍らで女房が深く頷いている。

一年に一度、創業の日にだけ五鈴屋を訪れる、夫婦連れの買い物客だった。

「昨年も伝えたことだが、商いの軸を太物に移されたのは、実に良い。絹織と違って太物商いは実入りが少ないが、これだけ客の心を摑んで放さないなら、まず心配ないでしょう」

「ありがとうございます。五鈴屋は、お客さまに恵まれました」

男の言葉に、幸は笑みを添えて返した。

伊勢木綿を二反買い、深藍の鼻緒を受け取っての帰り際、男は幸に耳打ちする。

「私はねぇ、この店が太物に新しい風を吹き込んで、天下を取るに違いない、と睨んでいるのですよ」

破顔して去っていく夫婦を、幸とともに見送って、菊栄は小さく吐息をつく。

「旦那さんの紙入れ、あれは極上の桟留革だす。ご寮さんの簪と櫛と笄はお揃いの白鼈甲。一見、地味な装いだすが、あそこまでの品を普段使いしはるて、相当だすなぁ。五鈴屋は、ほんにええお客さんに恵まれましたなぁ」

小間物商の紅屋の主筋らしい指摘に、幸は改めて「そうなのか」と得心する。ただ、あの夫婦がどのような立場のひとであれ、五鈴屋の商いの有りようをしっかりと見定めてもらえたことが、何よりありがたかった。

火事を知らせる半鐘が、浅草界隈（かいわい）に鳴り響いたのは、創業日から十二日後、年の瀬も押し詰まった頃であった。

厳寒の冬、火に親しむことが多い。雨も少なく風も乾いているため、火事ともなれば、大変なことになる。おかみも、火の取り扱いに関しての触書（ふれがき）を多く出すのだが、その日、黒船町（くろふねちょう）から火が出てしまった。

黒船町は浅草御蔵の北側に位置するため、一時、辺りは騒然となった。

ただ、風向きが逆だったこと、大川に面していることから、御蔵は難を逃れて、役人や札差（ふださし）、米問屋らは胸を撫（な）で下ろした。火は諏訪町を舐（な）め、駒形町へと広がり、辛（かろ）うじて食い止められた。しかし、黒船町から駒形町にかけては商家が多く、大層な被害を出した。

「では、千代友屋（ちよともや）さんはご無事なのですね」

様子を見に行った豆七に、幸は念を押す。

へぇ、と頷くと、豆七は息を切らせて続けた。

「お店(たな)は無事だした。ただ、火ぃを防ぐためか、店の表も中も、えらい水浸しになってはりました」

千代友屋は紙問屋、商う品が水を被(かぶ)ったとすれば、大変なことになる。

「紙はすき返しが出来ますけんど、手間もお足もかかりますなぁ」

傍らで、お竹が眉(まゆ)を曇らせた。

濡れた紙を乾かすと、よれたり波打ったりしてしまう。ただ、図案の下書きにするには何の不自由もない。ある程度、まとまった束を買い取るよう、幸は佐助に命じた。

次いで、一同を見回して、口早に告げる。

「すぐにご飯を炊(た)いて、出来るだけ沢山、お結びになさい。あと、貸し布団の手配もです。急ぎなさい」

店主の指示に、奉公人たちは一斉に散った。帳簿を開いて、支配人は独り言(ご)ちる。

「これで少しは、樽酒のご恩返しが出来ますなぁ」

風に乗って、焦げ臭い匂(にお)いが店の中まで流れ込んでいた。

第七章　羽と翼と

明けて、宝暦(ほうれき)八年(一七五八年)、元日。

羽根つきや凧揚(たこあ)げに興じる子どもたちを除いて、例年は静かなはずの表通りが、今年は少し様子が違っていた。四日前の火事を受けて、見舞いに駆け付ける者、知り合いの消息を訪ね歩く者で、通りは早朝からざわざわと落ち着かない。

暖簾(のれん)を出していない五鈴屋の戸が、乱暴にどんどんと叩(たた)かれたのは、昼過ぎのことであった。

へぇ、と大吉が応じて、土間を駆けて戸口へと向かう。不穏な気配に、奥座敷の幸と菊栄、板の間に居た佐助たち、それに二階から賢輔が「何事か」と集まった。

板戸を開ければ、ひょろりと背の高い中年の男が立っている。

「俺ぁ、雷門外の番屋の書役(かきやく)さね。正月早々悪いんだが、ちょいと来てもらえねぇだろうか」

書役とは、名主や家主に代わって町務などの事務を執る者で、大抵、家主とともに自身番屋に詰めている。

佐助と幸は思わず互いの顔を見合った。町内を守る役割の番屋ではあるが、呼びつけられるのは、あまり気持ちの良いものではない、しかも今日は元日である。

一同の警戒を察したのか、書役は寝不足らしい赤い目をしょぼしょぼとさせて、

「安心してくんな、物騒な話じゃあねぇよ。旅烏の身許を検めてるってぇ訳だ」

と、まずは断った上で、話を続ける。

曰く、今朝がた、浅草御門外で、ばったりと倒れた旅人がいる。とりあえず、茅町の番屋で保護したが、伊勢の守り袋のほかは、手形も身許を示すものも何も持っていない。ただ、「田原町三丁目」「五鈴屋」をうわ言で繰り返すばかりだとのこと。

「何せ火事のあとで、どこもかしこも、てんやわんやよ。向こうの番屋も手を焼いて、こっちにお鉢が回って来たというわけさね。どうだろうか、心当たりはねぇかい」

齢の頃は二十半ば、痩せて垢塗れの男だという。

はて、誰だすやろか、と佐助が首を捻っている。

――たったひとり、ひとりだけ、気がかりでならん型彫師が居てます

不意に、幸の耳に梅松の声が蘇る。

そう、一昨年、大坂に戻る旅の途中で、梅松から「白子では職人同士が親しくすることもなかったが」と前置きの上で、打ち明けられたことだ。

――誠二、いう名ぁの、私の半分ほどの齢の職人です

――若い誠二があの白子で、これから何十年も飼い殺しのような目ぇに遭わされるんは、あまりに気の毒で

もしや、その誠二ではないのか。

あのあと、幸は白雲屋と文の遣り取りを重ね、誠二に五鈴屋の場所を知らせてもらうよう頼んでおいたのだ。

ご寮さん、と賢輔が幸の方へと一歩、踏みだした。その指先が墨で汚れている。

「もしや、梅松さんの知り合いでは……。白子に居てはる、道具彫りの若い職人の話を、梅松さんから幾度も聞いたことがおます」

ええ、と幸は賢輔に頷いてみせたあと、書役に念を押した。

「そのひとは、今、茅町の自身番屋におられるのですね」

相手が頷くや否や、賢輔は、「梅松さんに知らせて参ります」と言い置いて、書役の傍らをすり抜けて飛び出していく。

「賢輔どん、梅松さんには力造さんのところで待ってもらいなさい」

手形を持たない旅なら、どんな咎めを受けるかも知れない。騒ぎにならぬよう、手代の背中に、幸は声を張った。

遣り取りを見守っていた菊栄が後ろを向いて、何かをしていたかと思うと、

「新年早々に、それも火事のあとの大変な時に、えらい御手数をおかけしました」

と、手にした懐紙を書役にそっと渡した。

お茶の一杯も出せないので、帰りに何処かで喉を潤してほしい、とでも言いたげな、優しく慈しみのある仕草だった。男も素直に受け取って、

「伊勢の守り袋も持っていたことだし、手形がなくても、『抜け参り』ってことで大目に見てもらえるだろう」

と、親切に伝えた。

男の旅は、建前は別として、女の旅ほど往来手形の有無を厳しく問われることはない。ただし、自身番で詮議された際に手形を所持していないと、些か厄介だった。書役が授けてくれた「抜け参り」という知恵は、奉公人が店主に黙って伊勢参りに出かけた場合、証としてお守りやお札を持ち帰ったなら許す、とするものだ。これな

ら手形がなくとも責められることはない。

「五鈴屋の奉公人に間違いはないのだな」

佐助と豆七を伴い、戸板持参で茅町の自身番屋に出向いた幸に、家主は疲れた顔を向けた。

手前の土間に、垢塗れの男が寝かされている。身に纏うのは、使い古した雑巾かと見紛うばかりの代物で、むき出しの手足は傷だらけだった。微かに上下する胸で、辛うじて息をしているのがわかる。

幸は誠二を知らず、確かに本人だという確証はない。だが、そんな素振りは微塵も見せずに、

「左様でございます。この度は大変なご迷惑をおかけしました」

と、頭を下げた。

「後生大事に伊勢神宮の守り袋を身につけていたし、五鈴屋が引き取るならば、まぁ良しとする」

火事のあとの混乱で手が足りていないのもあり、このまま自身番で息を引き取られても、との思惑もあってのことだろう、家主はあっさりと、引き取りを許した。

昏々と眠り続ける誠二を戸板に乗せて、豆七が前を、佐助が後ろを持って、慎重に

運んでいく。

誰の手引きもなしに、伊勢の白子からここまでよく、と傍らに寄り添いながら、幸は胸が詰まってならない。同じ思いなのか、豆七がぐずぐずと鼻を鳴らしている。

初空のもと、浅草御蔵から黒船町、諏訪町、駒形町、と火事の爪痕の残る街を、誠二を乗せた戸板がゆっくりと行く。大川べりに出た時だった。

「あ」

豆七が声を発した。

前方から、必死の形相の梅松が駆けてくる。あとに続くのは力造と賢輔だ。待ちきれない梅松が、賢輔らの制止を振り切って迎えに来たのだろう。

戸板に辿り着くと、梅松はぜぇぜぇと息を切らして、病人の顔を覗き込んだ。皺の多い、節高の手が、眠り続ける男の頰に触れる。

「梅さん、どうなんだ」

力造が背後から梅松の両の肩に手を置いて、ゆさゆさと揺さ振った。

「誠二ってひとに違ぇねぇのか」

ああ、と掠れる声で応じて、梅松は戸板に縋りついた。

「誠二、誠二よぅ、ああ、誠二が死んでしまう」

「どきな、梅さん」

力造は梅松を押しのけて、戸板に手をかける。賢輔も反対側に回って戸板を支えた。

「死なせねぇぜ、どんなことをしても、助けてみせるからな」

担ぎ手を二人増やして、戸板は飛ぶように力造の家を目指す。


熱い湯に浸けて絞った手拭いで、汚れが落とされていく。

お才と幸、お竹とお梅とで、瀕死の旅人の全身を優しく丁寧に拭う。手拭いを浸ける度に湯は濁り、小吉と大吉が甲斐甲斐しく取り替える。新しい浴衣を着せて、布団に横たえると、誠二は薄らと目を開いた。

「誠二、私や、梅松や」

わかるか、誠二、と梅松は懸命に呼びかけるが、また瞼を閉じてしまった。

「かなり弱っているし、あと一日、二日、遅れれば危なかっただろう」

病人の身体を丁寧に診て、医師は脈を取る。

力造が引っ張って来たのは、さる藩の藩医で、日本橋で開業したばかりだが、相当な名医として知られた人物だった。

「充分に身体を温め、休ませなさい。重湯から始めて、食養生に努めることだ。薬を出すので、あとで誰か寄越しなさい」

若い医師はそう伝えて、診察を終え、従者を連れて帰っていった。

垢も落ち、こざっぱりとした様子で、誠二は眠っている。名医の診断が死を遠ざけたようで、皆は安堵の胸を撫で下ろした。

「力造さん、お才さん、この通りだ」

梅松は畳に額を擦りつけて、声を振り絞る。

「恩に着ます、おおきに、おおきに」

「病人も居てはるし、小梅に会うんは控えてたんだすが、もう我慢できんで」

七草を明日に控え、力造宅へ遣いに出されたお梅は、念願の小梅との再会を果たして、上機嫌で戻った。夕餉のあとも、話題にするのは小梅のことばかりで、業を煮やしたお竹に「それより病人の様子を、もっと詳しいに教えなはれ」と叱責された。

お梅の話によれば、誠二は夢と現を行きつ戻りつして、三日の夜、すっかり目覚めたとのこと。梅松が誠二の手を取って男泣きに泣いた、という。

「医者に言われた通り重湯から始めて、昨日やっと三分粥にしたとこやそうだす」

そう話すお梅の右頬に、ぺこんと笑窪が出来ている。

幸とお竹は「良かった」と頷き合った。

板の間で墨を磨っていた賢輔は、ふと手を止めて、呟いた。

「一日も早うお元気になって頂いて、色々話を聞かせて頂きとうおますなぁ」

その語調に、切実な思いが滲む。まぁまぁ、賢輔どん、と佐助が、

「誠二さんの床上げまで、まだ当分かかるやろう。焦りは禁物だすで」

と、慰めた。

昨年の如月の天赦日から、月が替われば早や一年になる。

幸が賢輔の下書きの花火を見たのは、恵比須講の日だった。賢輔のことだ、おそらく手を加えて形にしているだろう。図案を見せて、果たして型彫が出来るかどうか、誠二に一刻も早く尋ねたいに違いない。手代の切ないまでの願いを知るのは、今のところ、五鈴屋江戸本店店主のみであった。

帯をくるりと後ろに回して、結び目に新しい扇子をちょいと挿す。お仕着せも草履も、下ろし立て。晴れ姿を親に見せに帰る、その足取りも軽やかだ。正月十六日になると、そんな「藪入り小僧」が街に溢れる。

藪入りの微笑ましい光景を横目に、江戸っ子たちは、ある人物の話題に夢中であっ

た。

「あれは天女か弁天さまか。ともかく、この世の者とも思えねぇ神々しさだぜ」

「團十郎（だんじゅうろう）さえ、あまりの美しさに見惚（みと）れて、台詞（せりふ）が飛んじまった、ってぇ噂（うわさ）だよ」

「死ぬまでに一度は、絵なんかじゃなくて、本物を拝みたいものさねぇ」

年明けから興行の始まった、中村座の「時津風入船曽我（ときつかぜいりふねそが）」。花形役者の中でも、女形の二代目吉之丞の際立った美貌（びぼう）が、江戸っ子たちを魅了してやまない。

中村座の前には、ひと目でも吉之丞を見たいと願うひとびとが日々、列をなす。二年前の火事以後、市村座に人気を奪われていた中村座も、一気に息を吹き返した。

「ほな、幸、今日は大吉を借りますで」

主従に見送られて五鈴屋の表に立つと、菊栄は幸を振り返った。

黄梅の花枝を控えめに配した榛摺（はりずり）色の長着に、宝尽くしを織り込んだ金の帯を巻く。眼福を味わう菊栄の装（よそお）いである。風呂敷（ふろしき）包みを胸に抱いて、大吉は目を奪われるばかりだ。丁稚（でっち）の様子にほろりと笑みを零（こぼ）したあと、幸は菊栄に丁寧にお辞儀をする。

「菊栄さま、大吉をどうぞ宜（よろ）しくお願い申します」

菊次郎のもとを訪ねるのに、大吉を伴（とも）にしたい、と申し出た菊栄であった。ちょっとした藪入り代わりに、という菊栄らしい心遣いを、幸はありがたく受けた。

菊栄は相変わらず詳しいことは何も話さないが、芝居小屋の座主と何か話が進んでいるらしく、少し前から、よく堺町の方に足を運んでいる。今日もおそらく、その用向きなのだろう。帰りに、大吉に甘いものでもご馳走するのか、と幸はにこやかに二人を見送った。

深夜、寝入っていた幸の耳は、かすかな音を捉えた。夢現に「何だろう」と薄眼を開く。首を捩じって傍らを見れば、先に休んでいたはずの菊栄の布団は空だ。目を転じれば、少し開いた襖から、瓦灯の明かり、それを遮る黒い影が映った。菊栄が襖から廊下の方を窺っている、とわかり、幸は布団を這い出て膝行した。傍らに来た幸に、黙ったまま、菊栄は廊下の奥を眼差しで示す。板の間の前に、人影がふたつ。目が慣れてくると、それが手代と丁稚だとわかった。

「なんで黙ったままなんだす？　歌舞伎役者の家で何があったか、教えてくれてもええだすやろ」

「私は外で待ってたさかい、何も知りまへん」

豆七と大吉の遣り取りを聞いて、菊栄はくっくっと笑いを堪えている。

「さいでん（先ほど）から、ずっとあの調子だすで。大吉はほんに口が堅い。昔の幸みたいだす。五鈴屋はええ奉公人に恵まれましたなぁ」

そっと襖を閉じると、実はなぁ、と菊栄は声を低めて続けた。

「菊次郎さんのとこへ行ったあと、大吉を連れて、日本橋音羽屋を覗いてきました」

「えっ」

菊栄の告白に、幸は思わず声を上げる。

悪戯を見つかった子どものように、菊栄はちらりと舌を覗かせた。

「残念ながら、評判の女店主は留守だした。久々に逢えるか、と思うてたんだすが」

噂には聞いていたが、店の造りや反物の見せ方があまりに五鈴屋そっくりなので、大吉は腰を抜かさんばかりだったという。

店の者は盛んに十二支の文字散らしの小紋染めを勧めるのだが、菊栄が日本橋音羽屋に居る間、買い求める客は一人もいなかった、とのこと。

「十二支の文字散らしは、確かによう出来た柄だすが、売り出しから三年、もう新味はおまへん。『流行り廃り』は世の常だすよってになぁ。ようよう精進せな、商いは頭打ちになりますやろ。否、もう既にそうだすな」

さて、ほな休みまひょなぁ、と優しく話を結んで、菊栄は床に戻った。

幸も横になったものの、目が冴えて眠れない。

賢輔があれほど苦労して考え、梅松がさらに知恵を足して辿り着いた、十二支の文字散らしの小紋染め。叶うことなら、あれを麻の葉や格子のように、息長く親しまれる柄に育てたかった。

五鈴屋が仲間外れにより呉服商いから離れたことで、日本橋音羽屋の独擅場になったが、音羽屋忠兵衛にせよ、結にせよ、新たな工夫を施すことなく、売れるうちに売り尽くす、という考えかも知れない。

結は五鈴屋を模倣しているつもりだろうが、最も大切なことが抜けている。そのため、あの小紋染めも流行りの品のひとつで終わってしまう。そう思うと切ないばかりだった。

ひゅっひゅー

ひっふー、ひゅっひゅー

口笛に似た、鷽の上機嫌の鳴き声が、店開け前の五鈴屋の土間に届く。

「女将さん、それに五鈴屋の皆さんには、誠二さんのことで本当に心配をおかけしました」

板の間の上り口に腰を掛け、お才は風呂敷包みを開くと、塗りの重箱を取りだした。

「ひと月近く寝込みはしましたが、何せ若いですからねぇ。明日、明後日には床上げ出来ます。あんまり嬉しいので、小豆飯を炊いちまって」

お裾分けです、とお才は重箱を幸の方へと押しやった。

良かった、と幸とお竹が安堵の眼差しを交わしたところへ、お才はふと声を落とす。

「女将さんと賢輔さんに、手すきの時に会いに来てもらえまいか、と誠二さんから伝言を頼まれましてね。床上げまで待てばいいのに、と私は言ったんですが、どうにも待てないみたいで。梅松さんからあれこれ聞いてたんでしょう、図案の話だと思うんですよ」

時が来たことを知り、幸は短く息を吸った。

「今から伺います。お竹どん、賢輔どんにすぐに用意するよう伝えなさい」

へぇ、とお竹は素早く立ち上がり、蔵へと賢輔を呼びに走った。

白子での型彫師たちの境遇は、年々、過酷になる一方で、辛抱堪らず、誠二は大寒の日に、二十六年過ごした郷里を飛びだした。

着の身着のまま、唯一身につけていたのは、五鈴屋の在所を知らせる白雲屋からの文に添えられていた、伊勢神宮の守り袋だけだった。

「白雲屋さんの文に、抜け参りのことが書かれていたそうですよ。文が誠二さんに無事に届けられたのは、型商のひとりが動いてくれたそうで、型商の中にも、心あるひとは居るんですねぇ」

幸と賢輔を伴って家に戻る道すがら、お才は誠二から聞き取ったことを話した。それまで白子を出たことのない誠二が、同行する者もないまま、二十日近くかかって江戸に辿り着いたのだ。その間、どれほどの困難があったことだろうか。

「誠二さんは、年が明けて二十七。私と同い年なんだす」

暫く無言だった賢輔が、ぽつりと洩らす。大川沿い、力造の家はじきだった。

「誠さん、五鈴屋のおふたりをお連れしましたよ」

襖を開けて声をかけると、お才は幸と賢輔を中へ通して、そっと立ち去った。

「駄目だぜ、誠さん、起きたりしちゃあ」

「力造さんの言わはる通りや、誠二、そのままで堪忍してもらい」

座敷に現れたふたりを認めて、布団を這い出そうとする病人を、力造と梅松が両側から懸命に押し留める。観念した体で、病人は上体を起こしたまま、主従を迎えた。

「誠二と申します。この度は、とても返しきれんご恩を受けました」

この通りです、と誠二は両の手を合わせた。

別人ではないかと思うほどに顔の色艶も良く、こけていた頬にも肉がついている。意志の強そうな、眉尻の上がった太い眉に、少し垂れ気味の眼。何処となく、雰囲気が梅松に似ていた。

「梅松さんから、新たな試みの話を聞きました。道具彫りなら、私に何ぞお力になれることがあるんやないか、と」

床上げまで待ちきれず、とにかく一刻も早く話がしたい、と願ったのだという。

「誠二さん、では、私から、少し話をさせてくださいな」

幸は言葉を選びつつ、梅松と賢輔が互いを思うあまり、己を追い込んでしまったことと、どうやら新たな図案を思いついたらしい賢輔が、それを言い出せずにいることなどを手短に伝えた。

途中、賢輔は双眸を大きく開いて店主の横顔を見たが、やがて観念した体でぎゅっと目を閉じて、懐に手をやった。

「ご寮さんの仰る通り、私には浴衣地に染めてみたい図案がおます」

そう言って、賢輔は懐から一枚の紙を取りだすと、広げて、畳に置いた。

力造と梅松、それに誠二は、吸い寄せられるように前のめりになって図案に見入る。

描かれているのは、件の花火であった。素描ではなく、火玉や火花が丁寧に描き込まれて、菊花を思わせる姿が美しい。

「こ、これは」

梅松は呻き声を発したきり、声を失した。

こいつぁ魂消た、と力造は唸る。

「両国の川開きの、あの打ち上げ花火だな。よくもまあ、こんな大胆な図案を思いついたもんだ」

手放しで褒めちぎる力造とは裏腹に、誠二は眉根を寄せ、険しい顔つきで具に図案を見つめている。

賢輔は両の腿に置いた手を拳に握り、じっと誠二の言葉を待つ。否、賢輔ばかりではない、錐彫りの型彫師も型付師も、そして五鈴屋江戸本店店主も、道具彫りの型彫師の言葉を、固唾を呑んで待った。

「勿体ない」

長い長い沈黙を破って、誠二の口から洩れでた台詞に、三人は戸惑う。聞き間違いではないか、とばかりに見つめられて、誠二は僅かに頰の強張りを解いた。

「勿体ない、て思います」

「『勿体ない』とは、どういうことだすか、何が勿体ないんだすか」

相手の方に身を乗りだして、賢輔は必死に迫る。

誠二もまた、賢輔へと上体を傾けた。

「私は生まれてこのかた、打ち上げ花火いうんを見たことがないんです。それで、初めは菊花の柄かと思うてしもて。力造さんの台詞で、初めて『打ち上げ花火』てわかりました」

空に打ち上げられる花火だとすると、迫力に欠けるのではないか、と誠二は言う。

「もしや、賢輔さんは型地紙の寸法に拘り過ぎてはるんやないですか」

型地紙、即ち型彫に用いる地紙は、丈が四寸（約十二センチメートル）ほど。半紙を用いて賢輔が描いた花火の図案も、確かに、その寸法を意識したものだった。

「小紋染めのためのものなら、地紙の寸法も小さくて良い。けれど、それより大きな紋様を彫るには、四寸の送りでは、せせこましいように思います。もう少し大きい紙にのびのび描いた方が、生きるのと違いますやろか」

誠二の台詞に、幸は胸を突かれる思いがしていた。

確かに、両国の川開きの花火を見ているからこそ、この図案にあの夜の情景を重ねられた。だが、ひと目見て「花火」とわかるためには、もっと大きな紙が必要だろう。

「賢輔さん、型紙の丈が今までの倍、あったらどないですやろか」

　誠二に尋ねられて、賢輔は真っ直ぐに相手の双眸を見つめる。

「倍あれば、もっと仰山の花火を打ち上げられます」

「しかし、それは」

　二人の遣り取りを聞いていた梅松は、愕然と肩を落とした。

「私が白子から持ちだした地紙も、鉄助さんに頼んで送ってもろてる地紙も、全部、同じ寸法のもんや。それを外れる大きさのものが、そない易々と手に入るかどうか」

　萎れる梅松に、誠二は食い下がった。

「大きな柄を型染めした手拭いを見たことがありますが、あれは大きな型地紙でないと無理です。私らが知らんだけで、きっと違う寸法の地紙はあるはずです」

　二人の型彫師の遣り取りを聞いて、幸にも朧に事情が見えてきた。

　白子では、型地紙作りを専らとする職人がいるということは、前々から聞いていた。小紋染め用の小さな寸法の型紙を見慣れているが、もとの型地紙は、おそらくもっと大きいのではないか。職人の手であの寸法に裁断されたものが、梅松や誠二のような型彫師のもとへ届けられたり、市場に流れたりするのだろう。

　そうであるなら、裁断前の型地紙を手に入れれば良い。

梅松さん、誠二さん、と幸は二人を呼んで、

「誠二さんの仰るような型地紙を、手を尽くして探します。時をくださいな」

と、伝えた。

伊勢型紙を巡る状況は、年々、変わってきている。型商が次々に江戸に伊勢型紙を売りにくるほどだ。裁断前の型地紙を、江戸で入手できるかも知れない。否、何としても入手せねばならない。

店主の言葉に、誠二は「助かります」と頭を下げた。表情に疲れが滲んでいる。

「誠さん、顔色が悪いぜ」

力造の指摘に、梅松は誠二の肩を抱くようにして、

「身体に障るよって、早う横になり」

と、布団に横たえる。誠二を労わる様は、まるで父親のようだった。

無理をさせてしまったことを詫び、幸は三人に暇を告げる。梅松が居住まいを正して、七代目、と幸を呼んだ。何処となく、寂しげな顔つきをしている。

「賢輔さんの図案は錐彫りでは無理や。私はお役に立てませんが、誠二がきっと遣り遂げてくれます」

「梅松さん、それは違う」

誠二が半身を起こして、梅松に迫る。

「小刀、花菱、亀甲、巴、と花火を表すのに色んな刃物道具が使えますやろ。けんど、錐でないと出せん味わいがあります」

確かに、と賢輔は深く頷いた。

「誠二さんの仰る通りだす。花火には火の粉がつきもので、細かい火の粉は錐の方が相応しい」

手代の言葉に、店主は強く顎を引いて、賛意を示した。

「なるほど、そりゃそうだ」

力造が感じ入った体で言う。

「一枚の反物を染めるのに、染物師が最初から最後までひとりですることもありゃあ、誰かと手分けすることもある。同じように、一枚の型紙を、ひとりで彫らなきゃならねぇ、って決まりはねぇだろう」

梅松さん、誠二さん、と賢輔はふたりににじり寄り、声を張った。

「梅松さんの錐彫りと、誠二さんの道具彫りで、型彫して頂けるなら、私、もっともっと見事な花火の図案を描いてみせます」

五鈴屋の抱いた夢は、誠二を迎えたことで、羽を持ち、翼を持って、力強く羽ばたこうとしている。

暇を告げる幸を、力造が呼び止めた。

「七代目、小紋染めの時に組んでいた型付師たちに、両面に糊を置く技を教えても良いだろうか。これまでは何があるかわからねぇから、周りに伏せてきたが、ここまで辿り着いたなら、あとは数を揃えることを考えなきゃならねぇと思います」

――一番大事なんは確かな品であること。その次が、売り方と広め方や

何時ぞや聞いた、菊次郎の助言が耳に残る。真似されることを恐れるよりも、本物をきちんと揃えることの方が大切だった。お願いします、と幸は明瞭に応えた。

第八章　雲霓を望む

如月十三日、春分。

年明けから雨水、啓蟄、と少しずつ季節は進み、彼岸の中日にあたるこの日を境に、徐々に夜は短く、昼は長くなる。

啓蟄の頃はまだ冬の名残が色濃く、寒さに震えていたはずが、気づけば、巷に浅蜊売りが現れ、土手に土筆が顔を覗かせる。鶯は歌を覚えて、ひとびとは漸く、春の到来を知るのだ。

「これはまぁ、何と……」

両の手で包み込んだ汁椀を覗き込んで、お梅が感嘆する。

「蜆とも蛤とも、違いますのやな」

汁椀の吸口は山椒の木の芽、溶けた味噌に沈んでいるのは浅蜊である。お梅の箸が貝を捉え、中身が口に移るまで、誰も目が離せない。

「……美味しい、美味しいおます」

瞠目するお梅に、せやろ、とお竹が胸を軽く反らせる。

「今までいけず（意地悪）して食べさせなかったわけやない。これからが旬だすのや。汁物に良し、剝き身にして大根と炊いても良し、暫くは楽しめますで」

「お竹どんはずっと、『お梅どんに食べさせたい』と言っていたものね」

お竹の得意げな様子がおかしくて、幸は箸を持つ手で口を押さえた。

御免なさいまし、と戸口から声がかかったのは、その時だった。へぇ、と大吉がすぐさま箸を放して、土間へと下りる。

聞き覚えのある声に、幸もまた、お膳を押しやって立ち上がった。

大吉の肩越し、東雲色の縮緬の風呂敷包みを手にした女が佇んでいるのが見えた。

ああ、と幸は小走りで女のもとへと急ぐ。

「千代友屋さん」

「五鈴屋さん、朝早くに申し訳ございません」

駒形町の紙問屋、千代友屋の女房は、幸に向かって丁重にお辞儀をした。

店開け前の表座敷に、幸自ら案内し、昨年暮れの災難について心からの見舞いを伝える。それを受け、千代友屋の女房は畳に両の手をついて、

「その節は本当にありがとうございました。ご挨拶が遅れて、申し訳なく存じます」

と、深く頭を下げる。

黒船町から出た火が、駒形町に達し、千代友屋は焼失こそ免れたものの、商う品が水を被って大変な損害を被っていた。

千代友屋ほどの大店ともなれば、天災に際しては周到に備えがあるだろうし、店主夫婦の人柄もあって、多くの手が差し伸べられるに違いない。

ただ、駒形町と田原町とは近いので、近所なればこそ、出来ることがあった。

「これまで千代友屋さんにして頂いたことに比べれば、到底、足りるものではないのです。どうぞもう、お顔をお上げになってくださいませ」

恐縮して頼み込んだが、女房は面を伏せて動かない。

「売り物にならなくなった紙の束を、常の値で大量に買い上げて頂いたこと。それに、あの日、五鈴屋さんから届けられた握り飯と熱いお味噌汁、貸し布団まで……。どれほど救われた思いがしたことでしょうか。いえ、あの日だけではありません、こちらが落ち着くまで毎日、毎日……思い出しては涙が零れます」

――あないにありがとうて尊いお米、私は口にしたことがおまへんなんだ

――私には、米忠はんへの恩義、忘れようにも忘れられへんのだす

かつて聞いた、富久の台詞が蘇る。妙知焼けで五鈴屋が焼失した際、米忠という店から贈られた一俵の米俵の恩を、幾度も幾度も口にしていた富久であった。

千代友屋の女房の姿が、その富久に重なって見える。

「五鈴屋の大坂本店も昔、大火で焼失したことがあり、他店から恩情を受けた、と聞いています。その時のご恩返しをさせて頂けたようで、こちらの方こそありがたく存じます」

受けた恩を何かの形で世の中に返すのが、暖簾を継いだものの役目、という幸の言葉を聞いて、女房は漸く顔を上げた。

「五鈴屋さん、今日伺ったのは、お見舞いのお礼もですが、五鈴屋さんが型彫の地紙をお探しだ、という噂を耳にしたからです」

思いがけない言葉に、幸は瞠目する。

誠二の言う「寸法の大きな地紙」に関して、白雲屋と鉄助、それぞれに相談の文を送る一方で、江戸での入手方法を模索していたのは確かだった。

白子から江戸へ伊勢型紙を売りに来る型商は「紀州御用　伊勢型紙」の八文字を誇らしげに掲げているため、すぐにわかる。そうした型商を探しだしては、型地紙を分けてもらえないか、この半月ほど、交渉を続けている。

どこからそれが洩れたのか、と驚く幸に、

「火事のあと、紙問屋仲間から何かと助けてもらう中で、その話が出たのです。同じ紙繋がりで型商と関わりを持つ店もありますから」

と、平らかに明かしたあと、相手は表情を引き締めた。

「型彫を施した型紙と、彫り物を施す前の地紙とは、扱いとしてまるで別です。型商に許されるのは、あくまで型紙の販売だけ。地紙を横流しすることは、まず無理でしょう」

仮に叶ったとしても、足もとを見られるだけだ、との紙問屋の女房からの鋭い指摘に、幸は唇を引き結んだ。その様子をじっと見つめて、女房は続ける。

「ただ、ひとつ、手はあるかと思います」

伊勢型紙の地紙は、美濃紙を縦、横、縦に三枚重ねて柿渋で貼り合わせ、乾燥させて、長く寝かせねばならない。染めに耐えられるほど丈夫で長持ちする型地紙を作るのには、高い技が必要だった。

「その型地紙職人と繋がるのが、一番だと思います」

「それは……」

女房の助言に、幸は考え込む。梅松や誠二の話から窺い知れる、白子の型紙を巡る厳しさ、息苦しさ。外から食い込んでいくのは容易ではない。

何か手立てはなかろうか、何か。

右の拳を額に押し当てて黙考する幸を、「五鈴屋さん」と、相手は呼んだ。

「千代友屋は紙問屋、地紙のもとになる美濃紙の郷とも繋がりがございます。白子に美濃紙を卸している者を探しだして、ご縁を取り持つことは出来るでしょう」

はっと両眼を見開く幸に、紙問屋の女房は、慈愛に満ちた笑みを零す。

「これは千代友屋の主も承知のこと。時はかかりますが、私どもにお任せ頂けませんか？」

是非、そうさせてくださいまし、と女房は幸の方へと身を傾けて懇願した。

米一俵の恩を忘れず、米忠の屋台骨がかしいだ際に、娘の婚礼用の反物を贈った富久。その時の米忠のご寮さんの気持ちが、今の己に重なる。

ただし、婚礼は一度きり、型地紙はこの先もずっと必要になる。商いとして、地紙を千代友から仕入れたい。その旨を伝えるべく、幸は畳に両の手を置き、千代友屋の女房へと向かった。

正月より興行を始めた中村座の「時津風入船曽我」は、二代目吉之丞の人気が凄まじい。

弱冠十八の吉之丞の、その可憐なこと、美しいこと。恋に生きる町娘、という役どころは二代目のためにあるのではないか、というほどのはまり役だった。

それまで江戸で活躍する女形は、京坂から下ってきた役者ばかりだった。二代目吉之丞は、幼くして、大坂出身の初代に引き取られ修業に励んだが、江戸の生まれ育ち。初の江戸出身の女形を、江戸っ子が応援しないわけがない。

吉之丞の姿は様々な絵師の手で描かれて、富五郎を凌駕する勢いで売れに売れ、芝居茶屋の壁を埋め尽くす。その晴れの舞台を何としても、と願うお客が、芝居小屋を幾重にも取り巻く事態となった。

結果、興行は延びに延びて、皐月に入ってもまだ続けられていた。

てんやぁ、ところぉてん

ところぉてん、てんやぁ

雨の匂いが残る表通りを、心太売りが良い声を上げて過ぎていく。むんと湿った風に、捩花が揺れて、長かった梅雨も終わりが見えてきた。

「蒸し蒸しと暑いこと。早う、からっと晴れて欲しいもんだすなぁ」

曇天に向けた視線を幸に戻して、「ほな、行って参りますよって」と、菊栄は軽く頭を下げる。今日は久々に、お供にお梅を連れていた。

「菊栄さま、ちょっとだけ、ほんのちょっとだけ、梅松さんとこに寄りまへんか。小梅に逢うてみたいですやろ」

「また小梅だすか、ほんに、お梅どんは口開いたら小梅の話ばっかりだすなぁ」

そんな軽口を叩きながら、ふたりは五鈴屋を出ていく。隣家の三嶋屋の手代が菊栄を認めて、丁重な辞儀で見送った。

昨年から少しずつ進められていた三嶋屋の引き移りも、極めて順調で、予定通り来月には店を菊栄に明け渡すことになる。引き渡しを受けたあと、菊栄は、当面、あの店で暮らすつもりだろうか。菊栄自身は何も言わないが、お梅は、猫の小梅を引き取って、連れていく腹積もりに違いなかった。

菊栄が語らないのは、住まう場所のことばかりではない。惣次と再会したのち、井筒屋とどのような遣り取りを重ねているのか。簪作りを任せる職人は見つかったのか。商いの手立てをどのように整えているのか、幸にさえ明かさない。ただ、時々、中村座の話題が出ることから、芝居小屋との絡みで、何か活路を見出せたのではないか、と推察するばかりだ。

胸中に成竹あり――菊栄がどのような絵を思い描いているのか、今はまだわからない。しかし、物事は少しずつ確実に動いていく。遠ざかる二人の後ろ姿を見守って、今できることを精一杯せねば、と幸はすっと背筋を伸ばした。

ふと、目を東側に転じると、広小路の方から、よく見知った人物がふたり連れ立って、こちらへ向かってくる。一見、父と子に見えるが、そうではない。

「梅松さん、誠二さん」

幸に呼ばれて、老いた男は満面に笑みを湛える。若い男は立ち止まって、頭を下げた。瀕死の状態にあったことなど嘘のように健やかさを取り戻し、江戸の暮らしにも馴染みつつある誠二であった。

「七代目、ご迷惑やと思いますが、賢輔さんの手隙の時に話をさせてください」

申し訳なさそうにいう梅松に、幸は、「もちろんですよ、どうぞ中へ」と、ふたりを店内に招き入れた。

五鈴屋の二階には、南に面して物干しがあり、部屋は三つ。一番手前は、女の奉公人が寝起きするもの、一番奥は物置、その間にあるのが賢輔たち男の奉公人の部屋である。

「図案の寸法を少しずつ変えて、描いてみました」

梅松と誠二、それに幸を二階へと誘うと、賢輔は描き溜めた図案を取りだして、三人の前に広げた。型彫師たちは前のめりになって、図案に見入る。

夜空に浮かんだ菊花にも似た花火、斜めに流れる火の筋、確かに、図案が大きくなれば、のびやかで迫力もある。誠二の助言を生かそうと、試行錯誤を重ねたことがありありと読み取れた。

綺麗や、と梅松が吐息を洩らす。

「賢輔さん、気張りはったなぁ」

梅松の称賛に、賢輔は「おおきに」と小さく応じ、ただ、と声を落とした。

「これでええのかどうか……。何やもっともっと出来そうに思うんだす」

初めて見た、両国の川開きの打ち上げ花火。その美しさを図案に封じ込めきれたか、と自問すれば、否、と答えるしかない。賢輔はそう言って、肩を落とす。

「賢輔さんをそこまで悩ませるほど、本物の花火て、そないに美しいものなんですか」

生まれてこのかた、花火を見たことがない誠二は、どうにもわからない、と言いたげに首を捻っている。

「こればっかりは、どない伝えたらええのんか……。私も初めて観た時は、あまりの美しさに声も出んかった。白子で型彫ることしか許されんかったら、一生、知らんかったやろ」

切なげに洩らしたあと、梅松は破顔してみせる。

「けど、明後日はその川開きや。誠二のその眼ぇで、しっかりと観られますで」

百聞不如一見――百聞は一見にしかず。

花火を観ることで、誠二の戸惑いも払拭できるだろう。それに、賢輔にしても、また新たな気づきがあるかも知れない。

「去年に続いて、今年も皆で花火を観る約束ですものね」

楽しみです、と幸もまた唇を綻ばせた。

皐月、二十八日。

江戸中の願いが届いたのか、天候に恵まれた一日となり、美しい夕焼けを迎えた。

「しかし、一年、早ぇなぁ」

昨年同様、小屋掛けの茶屋の後ろの床几で、力造がつくづくと言う。梅松と誠二は、豆七と大吉に前の床几を譲られ、並んで座った。

「梅さん、誠さん、花火の前に一杯どうだい」

肩越しに徳利（とっくり）を差し出す力造を、梅松が慌てて制する。

「力造さん、あかん、誠二は酒に慣れてへんよって、花火をしっかり観る前に酔うたらあかん」

「梅松さん、何や誠二さんの父親みたいだすなぁ」

お梅がそう言って、ころころと笑った。

夜の帳（とばり）が下りたが、月の姿はまだない。大川の上手に、錨星（いかりぼし）が姿を現した。持ち手を下にした、柄杓（ひしゃく）の形の星座も浮かんでいる。

南天、花火の上がる方の空には、歳星（さいせい）が一際明るい。

「あっ」

誠二が短く叫んだ。

不意に火球が高く上がるのが見えた。両国橋の手前から、花火が打ち上げられたのだ。次の瞬間、ぱっと夜空一杯に光の花が咲く。どん、と腹に響く音が耳に届く前に、細かな火花が、ぱちぱちと輝きながら四方に散っていく。

「ああ、ああっ」

床几から立ち上がり、誠二は両の手を高々と天へ差し伸べた。あたかも、消えゆく火花を受け止めようとするかのようだった。

「誠二、危ない、川に落ちてしまう」

梅松に帯を摑(つか)まれたまま、誠二は呆然(ぼうぜん)と空を仰ぐ。

生まれて初めて目にした花火。そのあまりの美しさに、若き型彫師は魂を奪われ、言葉さえも失っている。

今度は橋の向こうの天に、花火が上がった。しだれ柳にも似て、火花は風に乗って流れ落ちる。人々の歓声で、両岸も橋の上も沸(わ)きに沸く。

「ほんに、綺麗なもんだすなぁ」

お竹が夜空に目を遣(や)ったまま、感じ入ったように呟(つぶや)いた。

「去年もそない思うたはずが、何や、今年はもっと綺麗に見えます」

そうね、と幸も相槌(あいづち)を打つ。

お梅が江戸に留(とど)まることを選んで早一年、お梅と菊栄が傍(そば)に居てくれる、それだけでどれほど心強い一年だったか。

より近い天が、ぱっと眩(まばゆ)く光った。

満天に橙(だいだい)色の牡丹(ぼたん)に似た花が開いたあと、どーんと耳の側(そば)で轟音(ごうおん)が響く。今までの花火とは違って、尾を引かない。牡丹の残像をひとびとの眼の奥に焼き付けて、火花は唐突(とうとつ)に消えた。

夢か、幻か、と思うほどの潔さに、幸も思わず立ち上がった。

「ご寮さん、危のうおます」

賢輔とお竹が腰を浮かせ、両側から幸へと手を伸ばした。失礼します、と断って、

「前へ行ったらあきまへんで」

賢輔は幸の上腕をそっと摑む。それを認めて、お竹はすっと自らの手を戻した。

両国橋の奥の空に上がった花火は、橋を跨ぎ、流れ星のように夜空を斜めに駆ける。大川端の見物客を照らして、ゆっくりと水面に吸い込まれていく。消える寸前、誠二と梅松、幸と賢輔の後ろ姿を影絵のように浮き上がらせた。

両国の川開きが、一気に夏を連れて来た。

それまで雨の止み間に遠慮がちに鳴いていた蟬が、朝から喧しい。陽射しはきつく、じりじりと容赦なく肌を焼く。これから暫くは酷暑の日々が続くかと思うと、うんざりする一方で、洗い物の糊が利いて気持ちよく乾く、という嬉しさもあった。

「今日はお家さんの月忌だすなぁ」

身仕度を整えた菊栄が、幸を振り返った。

「お家さん、『あもや』の酒饅頭がお好きやった。同じ味は無理でも、帰りに何処ぞ

で酒饅頭を買うてきます」

「ありがとうございます」

菊栄らしい心遣いがありがたくて、幸は頭を下げた。

座敷で反物を整えていた賢輔が、菊栄を見送るため、土間へと下りる。

「菊栄さま、お早うお帰りやす」

「賢輔どん、目ぇが赤うおますで」

川開きの日以後、寝る間を惜しんで図案を描いている賢輔であった。

長身の賢輔の双眸を、菊栄は覗き込む。

「図案を考えるんも大事やけれど、身体を壊したら元も子もあらへん」

気ぃつけなはれ、と手代を労い、見送りを断って、菊栄は出かけて行った。

八日は、お家さんだった富久の月忌。それに、幸の母、房の月忌でもあった。暮らし向きの苦労が絶えず、生涯、読み書きの叶わなかった母を想う。

僅かな遺品の中に、色褪せた藍染め木綿の単衣があった。藍色の似合うひとだった。

花火の柄の浴衣が出来たなら、真っ先に着てもらいたいひとだった。この齢になっても、恋しくてならない。

ひとり、奥座敷で線香をあげ、母を偲んで手を合わせていた時だった。

「ご寮さん」

お竹が廊下から幸を呼ぶ。心なしか、声が弾んでいる。

合掌を解いて、幸は身体ごとお竹の方へと向き直った。

「千代友屋さんのご寮さんがお見えだす」

薄くて大きな桐箱を小僧に持たせての訪問と聞き、期するものがあった。

「こちらにお通しして。それと、賢輔どんをここに呼びなさい」

命じる声が、少し上ずっていた。

「申し訳ございません。四月もお待たせしてしまった上、さらに日数を頂戴することになりそうです」

千代友屋の女房は、幸とその後ろに控えている賢輔に、懇ろな詫びを口にする。

千代友屋をもってしても容易くはいかないのか、との思いを嚙み締めつつ、では、あの包みは何だろう、と畳に置かれた桐箱に目を遣った。

縦三尺（約九十センチメートル）ほど、横一尺八寸（約五十四センチメートル）ほど、厚みは二寸と平たい。

主従が桐の箱に見入っているのを認めて、女房は目もとをふっと緩める。

「美濃紙を白子に卸している仲買と、何とか繋がることが出来ました。そこから、型地紙作りの職人に話を聞いてもらいました」

白子のその職人は、仕入れた美濃紙の原紙を二百枚ほど重ねて、紙裁ち包丁を用いて切り、紙目が縦、横、縦になるよう三枚ずつ組み合わせるのだという。

「柿渋を塗って重ね合わせたり天日に干したりするのに、頃合いの寸法が、曲尺で縦一尺八寸、横三尺だそうです」

失礼します、と女房は断って場所を移り、桐箱に手をかけた。ゆっくりと蓋を外せば、深くはない箱の底に、艶やかな茶色の肌をした紙が納められている。

はっ、と息を吞む気配があった。首を捩じって賢輔の方を見れば、畳に両手をつき、前のめりになって紙を注視している。

「これが、その八丁判、と呼ばれる型地紙です。取り敢えずの見本として、二枚、入手できました」

二枚、と繰り返して、幸は相手に請う。

「手に取らせて頂いても宜しいでしょうか」

「もちろんです」

紙問屋の女房の返答に、幸は「賢輔どん」と手代を呼んだ。

賢輔は幸に「へぇ」と頷き、手を伸ばして上の紙を取り上げる。手が震えているらしく、地紙は小刻みに揺れた。

「ご寮さん、間違いおまへん。この地紙を裁断したものが、小紋染め用の地紙として使われてたんやと思います」

これでもう、型紙の寸法に囚われずに済む。図案を描く者の安堵が、その声に滲む。

五鈴屋さん、と女房は幸に声をかける。

「店主からの言伝です。『得心頂けるなら、すぐに買い付けの手配をいたします。ただ、ひとつ、お願いしたいことがございます』と」

はい、と幸は居住まいを正して応えた。

「何なりとお申しつけくださいませ」

店主の返事に、千代友屋の女房は真摯な眼差しで続ける。

「白子の型地紙作りは、ご覧の通り、実に手の込んだ、根気の要る職人技です。けれど、到底苦労に見合わぬ安値で売り買いされています。安く買い叩かれることが続けば、技というのは衰退してしまう。千代友屋としては、それ相応の値で買い上げたい、と存じます」

五鈴屋への卸値が割高になるが、許してもらえるだろうか、との千代友屋店主からの言伝だった。幸は即座に、明瞭に応える。

「勿論です。全て承知いたしました」

型彫師を縛り付け、型地紙職人を締めあげ、ごく一部のものだけが利を売る、という仕組み。一石を投じることになれば、と願う。

五鈴屋としての返答に、女房は、ほっと緩んだ息を吐き、八丁判に見入っている賢輔に視線を向けた。

「賢輔さん、紙の裁断に慣れていないと骨でしょうから、千代友屋にお任せくださいな。お望みの寸法にお切りしますよ」

うちには職人がいますから、と女房は親切に申し出た。

千代友屋が居なければ、八丁判の型地紙に辿り着ける目途も立たなかっただろう。

「千代友屋さん、この通りです」

恩人に向かい、幸は畳に額を擦り付け、心からの謝意を示した。

賢輔もまた、型地紙を押し頂いたまま、頭を垂れている。

「ひゃあ、陽射しのきついこと」

「うちに戻るまでに、また、汗みずくになっちまうよ」

今年に入って六度目の帯結び指南を終えて、おかみさんたちが帰っていく。このところ日照り続きで、表通りも広小路も何処もかもが白っぽく見えた。

「長雨にはうんざりだったけど、こんなに暑いのも、どうにかしてほしいものさ」

「着物が暑苦しいったら。肌着一枚で過ごせたら、どれほど楽だろうねぇ」

「ほんと、ほんと」

皆を見送りに表へ出た幸とお竹は、おかみさんたちの遣り取りを耳にして、視線を店の二階へと向けた。

今、五鈴屋の二階では、賢輔と誠二、梅松の三人が詰めて、花火の図案の仕上げに取り組んでいる。誠二が話していた通りの地紙、八丁判の型地紙を手にしたことで弾みがついたのだ。型彫師、型付師、五鈴屋、三者が抱いた夢は、ゆっくりと、しかし確実に、叶えられようとしている。

肌着なしで、じかに身に纏えて、だらしなく見えない。汗をよく吸い、汚れれば手軽に洗える。絹織より遥かに安い。「あれ」が形になれば、きっと、多くのひとに喜んでもらえる。

「ご寮さん」

お竹が空を指さした。

紺碧の空にむくむくと純白の大きな雲が湧いている。見事な入道雲だ。

「ひょっとしたら、一雨、来そうだすなぁ」

日照り続きで、からからの街は、雨を欲していた。

視線を天から二階へと移して、待ち遠しおますなぁ、とお竹は呟く。

雨の降る前兆の、雲や虹を待ち焦がれるように、店主と小頭役も待ちかねていた。

そうね、と幸もまた、二階を見上げる。

「待ち遠しいわね、本当に」

江戸っ子が「御用祭」と呼ぶのが、山王祭と神田祭。両祭は隔年ごとに開催され、昨年は神田祭、今年は山王祭の番であった。

水無月十五日、祭の当日は「商いにならない」として店を閉めるところも多い。五鈴屋も、今日は店主の判断で休みとした。

青みがかった緑色の暖簾が出ていないことに、「珍しいな」と通りすがりの者が口にする。その時、五鈴屋の表座敷には主従のほか、花川戸から駆け付けた力造らが一堂に会していた。明かり取りから射し込む陽で、座敷は明るい。

梅松と誠二、そして賢輔は互いに頷き合った。賢輔が傍らの文箱を引き寄せると、すっと畳を滑らせ、店主の前へと差し出す。

「ご寮さん、こちらが新しい図案だす」

文箱の蓋を開き、中を検めた途端、幸は、はっと息を呑む。

いきなり、目の前に幾つもの花火が現れる幻を見た。

落ち着け、落ち着け、と自身に言い聞かせ、幸は慎重に中から紙を取りだす。目も眩むほどの鮮やかな花火が、幸の手の中に在った。

「力造さん、お才さん」

掠れる声で呼んで、図案を蓋に乗せ、二人の方へと押しやった。

はっと短く息を吸い込む音が、お才の口から洩れる。こいつぁ、と型付師は呻き声を発したあと、黙り込んだ。

辛抱堪らず佐助とお竹、菊栄、それに豆七が腰を浮かせ、首を伸ばして図案に見入った。

真っ直ぐに上がる火玉が、花弁を広げる菊となり、咲き誇る牡丹となって、美しさを競い合う。ぱちぱちと火の粉の弾ける音までが、耳に届く。

大胆でのびやかな図案は、白い紙に墨で描かれていながら、紛れもなく両国の川開きの打ち上げ花火であった。両手を天に差し伸べて、「ああっ」と叫んでいた、あの夜の誠二の気持ちが、今の皆の想いに重なる。

「お前さん」

ぐずぐずと鼻を鳴らして、お才が、石の如く固まっている亭主の顔を覗き込む。

型付師は俯いて両の手を拳に握り、何かにじっと耐えている。力造の様子に不安を覚えたのか、賢輔と誠二は案ずる眼差しを交わし合った。

力造さん、と梅松が力造の方へと身を傾けて、その顔を覗き込む。

「気に入らんのか。どのへんがあかんのやろか。正直なところを教えてくれへんか」

型彫師の問いかけに、型付師は俯いたまま、違う、違う、とばかりに強く頭を振った。途端、落ちた鼻水と涙が力造の単衣に大きなしみを作る。

「魂消た、魂消ちまったのさ」

右の拳で乱暴に両の瞼を拭うと、力造は顔を上げた。両眼が真っ赤に染まっている。

「前に見せてもらったのも花火に違ぇねぇが、今度のは本物だ。両国の川開きの、あの花火じゃねぇか。これを喜ばねぇ江戸っ子は居ねぇよ、梅さん」

それに、と力造は握り締めていた両の拳を、掌を上に向けてそっと開いた。

「梅さんと誠さんが型彫する型紙で、この俺が型付させてもらえる。この手で、この柄の染めに関わらせてもらえるんだ。こんなありがてぇことがあるもんか」

冥利に尽きるぜ、と力造は声を震わせる。

この江戸で、父親の代から染物に携わってきた力造の言葉は、居合わせた者たちの胸を激しく揺さ振った。

「ご寮さん」

佐助が幸を呼び、ゆっくりと大きくひとつ、頷いて見せる。

町人のための小紋染めが、この江戸で花開いたのを知る佐助、お竹、お才、そして幸。四人とも、確かな手応えを得ていた。皆の夢がゆっくりと開花していくさまを目に焼き付けようとするかの如く、菊栄は双眸を見開く。

大吉、と豆七が小さな声で囁いた。

「私ら、とんでもない場ぁに居合わせてもろてますのやなぁ」

大吉と、それに小吉とが、こっくりと頭を上下に振っている。

賢輔の手で描かれた花火は、紙から解き放たれて、皆の心を打ち抜き、表座敷一杯に広がっていった。

第九章　機は熟せり

「確かに、お預りしました」

本両替商蔵前屋の手代は、金銀を入れた袋を胴に巻いて、結び目を堅く結んだ。

小紋染めを手がけていた頃は、日を置かずに金銀を預けていたが、太物商いに絞って以後は、四月に一度になっていた。

「お隣りの三嶋屋さん、とうとう引き移られたのですね」

預かり証の受け渡しを終えての帰り際、相手は、佐助に尋ねた。

「へぇ、今朝早うに、遠州に発ちはりました。今、店の者が、あとの様子を見にいってます」

店主不在の理由を、佐助はさり気なく相手に伝えた。

開け放たれた戸口から、がらりとした店の中が覗く。

畳は上げられ、障子や襖は外され、手入れを済ませて、それぞれの部屋の隅に置かれている。板張りに廊下、桟に至るまで、「最後のご奉公」とばかりに、三嶋屋の奉公人らの手で綺麗に拭き清められていた。提灯商いと暮らし向きを支える道具の全てが運び出されたあとは、広い間取りがより一層広々と見えた。

「ほんに、広うおますなぁ」

幸とともに様子を見に来たお竹が、感心した体で、辺りを見回している。間口も中も、五鈴屋の倍以上で、遥かに広く、ゆったりしていた。

「幸たちのお陰で、ええ買い物をさせてもらいました」

三嶋屋から無事に明け渡しを受けた菊栄は、店の表座敷だった場所に立って、すーっと鼻から深く息を吸い込む。

「きつい匂いがない、いうのはありがたいことだすなぁ。三嶋屋さんの商いが提灯屋やったさかい、幸いだした」

「紙と墨の、ええ香りだすな」

菊栄を真似て匂いを嗅いだあと、お竹は残された畳類に目を向けた。

「それでも万が一、気にならはるようなら、畳や建具を新しいに取り替えたはったら、匂いは消えるやろと思います」

「どれも残しておいてもらうよう、私が三嶋屋さんにお願いしたんだす。大事に使うてはったし、勿体ない。手入れもしてくれてはるし、このまま使わせて頂きまひょ」

菊栄の返事を聞いて、お竹はほっとした顔つきになった。

提灯商いの名残を微かに留めるこの広い店で、菊栄は一体、どのような商いをする心づもりなのだろうか。どれほどの職人を抱え、奉公人を住まわせるつもりなのか。無論、聡い菊栄のことだ、考えがあっての決断に違いない。しかし、幸には今なお、菊栄の思い描く「成竹」が見えてはこなかった。

「一階も二階も、ほんに広々してますで」

台所やら厠やら二階やらを一巡してきたお梅が、息を弾ませながら現れた。

「これが全部、菊栄さまのものやて、ほんまに私まで誇らしいおます。大坂では逆立ちしたかて叶わなかった、女名前での家持ちだすで。大したものだすなぁ」

両手を広げて、その場でぐるぐると回ってみせてから、お梅は菊栄に尋ねた。

「菊栄さま、いつからこっちに越してきまひょか。小梅も一緒に連れてきて宜しおますやろか」

「お梅どんは、小梅のことばっかりだすなぁ」

ころころと声を立てて、菊栄は笑う。

「引き移りはまだまだ先だす。ちょっと考えてることがおますよってになぁ」

言い終えて、ああ、せや、と菊栄は幸とお竹を見やった。

「帯結び指南に、裁ち方指南で、次の間が手狭な時には、ここを使うておくれやす」

その代わり、まだ五鈴屋に居候させとくなはれ、と菊栄は両の手を合わせてみせた。


立秋を迎え、暦の上では秋となったが、暑さは去らない。

暑い、暑い、と不平を口にしつつも、ひとびとは七夕飾りが風に揺れるさまや、笹葉がさらさら鳴る音に、慰めを得ていた。

「こっちだす、こっちに納めとくれやす」

五鈴屋の蔵の前で、佐助が声を張る。荷車が店の前に横づけされて、人足らの手で荷物が次々と運び込まれるところだった。賢輔、豆七らも立ち会い、皆、大わらわだ。

一刻半ほどかけて、無事に荷が収まったところで、幸はお竹を伴い、蔵へと足を踏み入れた。土蔵と納屋を合わせれば、三十六坪。伊勢木綿などの商品と、今日、運び込まれた白生地とで、全ての棚がみっしりと埋まっている。

「そろそろ、他に蔵を持たないといけないわね」

店主の言葉に、小頭役も賛意を示した。

「これから次々に白生地が運ばれてきますよって、じきに手狭になりますやろ」

二年前、幸が大坂に戻った際、綿買いの文次郎から授かった知恵があった。河内と泉州、それぞれの機屋とじかに繋がる、というものだ。

河内木綿と泉州木綿、風合いの異なる木綿は、在方で盛んに織られ、盛大に消費されている。そうした流れは最早、止められないにもかかわらず、大坂の木綿問屋は支配を止めようとしない。在方には不満が鬱積しており、新たな商いの道を模索している最中だった。

五鈴屋大坂本店の番頭の鉄助は、店主の八代目徳兵衛こと周助の指図のもと、文次郎の仲介で在方の機屋と繋がることに成功し、それが今回、江戸本店への荷となったのだ。

賢輔が辿り着いた、あの花火の図案。あれを見る前ならば、運び込まれた白生地の量に怯んだかも知れない。だが、あの図案を思い描く度、背中を押される思いがする。

「あこ（あそこ）にも、大きな蔵がおましたなぁ、それも二つも」

もと三嶋屋、今は菊栄のものとなった隣地を思い描いているらしい、お竹の独り言だった。

その日は、夕餉のあと、菊栄がさり気なく、「ほな、私は湯屋へ行ってきますよって」と言い、菊栄ひとりでは心配だから、とお梅が同行を願いでた。二人が店を出たあと、幸は奉公人たちに声をかけ、表座敷に集まるよう命じた。大坂から大量の白生地が届いたこともあり、店主から何らかの指示があるのでは、と誰もが思っていた様子だった。

座敷にはまだ熱が残るが、明かり取りから夜風が忍んでいた。

「試みは今、順調に前に進んでいますが、まだまだ先は長いのです」

佐助、お竹、賢輔、豆七、大吉を順に見回して、幸は徐に切りだした。

「型紙が出来て、型付、藍染めを終えて反物に仕上げ、それを商うまで、道のりは遥か遠い。だからこそ、今、出来ることをします」

仄明るい行灯の火が、店主に真摯な眼差しを向ける奉公人らを照らす。

最も大切なのは、と幸は思案しつつ続ける。

「大切なのは、売り出しに向けて、しっかりと備える、ということです」

梅松と誠二が型を彫り、力造が型付して、紺屋が藍染めを施す。反物の出来栄えは素晴らしいに違いない。そこから先を如何に商いに繋げるのか。

心躍る柄の反物を、ただ売るだけでは足りない。

肌着と同じく、肌に直に纏えるが、その姿のままでも、決してだらしなく見えない。

従来にない浴衣であることを知らしめるために、どのように仕立てて、どのように着こなすかまでを、お客にきちんと提言できてこその商いだろう。

「新たな盛運の芽生えを、皆で守り育ててきたのです。あとは、物事が成るように力を尽くしましょう」

「菜根譚」の教えを引いての店主の言葉に、一同は深く首肯する。

町人のための小紋染めを考えつき、それを形にするために、何の手立てもないところから、主従が心をひとつにして取り組んだ日々が蘇る。何とも言えない高揚が、座敷を包んでいた。

「花火の柄のほかにも、幾つか考えてる図案がおます」

身を乗りだす勢いで、賢輔が言い募る。

「お客さんに柄違いで楽しんで頂けるものを、作りとおます」

どうぞお許しください、と賢輔は畳に手をついた。

柳に燕、団扇、蜻蛉。いつぞや、賢輔の手文庫に、花火の図案とともに納められていた下書きを、幸は思い起こす。

「勿論です。型染めの浴衣地は、これからの五鈴屋の商いの基になる品。新たな柄が生まれ、その柄の中から好みの一反を選ぶというのは、まさに『買うての幸い』でしょう。賢輔どん、頼みましたよ」

店主の言葉に、賢輔は「へぇ」と表情を引き締めて応じる。

それまで天井に目を向けて思案を巡らしていた佐助が、ご寮さん、と幸に呼びかけた。

「売り出したあと、お客さんに常に品を切らさんようお届けするために、在庫を充分に備えななりません。力造さんやお仲間、それに紺屋にも気張ってもろたとして、新たな柄も加えるとなると、時がかかります。何もかもが揃う頃には、冬になってしまいます」

浴衣が最も映えるのは夏場に違いない。冬の売り出しでは、あまりに惜しい、と佐助は苦渋の表情を隠さない。

「その通りです」

支配人の台詞に、幸は明瞭に同意を示す。

「披露目は夏が相応しい。先の提言まで含めて、周到に準備を整えるため、売り出しは来夏にしようと考えています。例えば、両国の川開きの日、というのはどうでしょうか」

ああ、と皆の口から声が洩れた。

両国の川開きに、花火の柄の浴衣、というのは考えただけでぞくぞくする。

「鈴と鈴緒の最初の一反が出来たのが昨年のこと。売り出しまでに、二年の時をかけることになります。残り一年、長いようでも、おそらく、あっという間でしょう」

店主の言葉に、豆七が「待ちきれまへん」と吐息交じりに呟いた。つい洩れた本音に、皆がほろ苦く笑う。

「思い出しますなぁ」

笑いを収めて、佐助が顔つきを改める。

「五鈴屋が江戸進出を決めた時も、ご寮さんは私と賢輔に『二年かける』と言わはりました。赤穂義士と同じく二年の歳月をかける、と。この度のことも、あれと同じだすのやな」

支配人に、ええ、と頷いて、店主は皆を見回した。

「残る一年で何をするか、何が出来るか、皆の知恵を借りたいのです。五鈴屋が扱うのは紛れもない本物の品。あとは、売り方と広め方をしっかり考えておかねばなりません。これまでにない、新しい浴衣だと知ってもらうためにも」

それまで黙って控えていたお竹が、「ちょっと宜しいか」と声を上げる。

「今までの浴衣とは違う、いうんは、やっぱり誰ぞに着てもらうんが一番やないか、て思います」

五鈴帯では五鈴屋の常客の娘たちに、小紋染めでは歌舞伎役者の富五郎に、それぞれ身に着けてもらい、広めてもらった。

「嬢さんらも役者さんもええんだすが、あまりに華々し過ぎて、木綿には不似合いなように思います。手に取り易い、いうんは伝わりにくいんと違いますやろか」

小頭役の意見に、「確かに」と一同は頷いた。お竹は、膝を乗りだして続ける。

「例えば、湯屋で店番するひとに使うてもろたらどないだすやろか」

浴衣はじかに肌に纏うもの。湯屋では皆、裸になるので、湯屋ほど披露目に相応しい場所はない。高座のひとに着てもらえれば、湯屋に出入りするお客の眼に留まるし、湯帷子としてではなく、ちょっとした用足しにも出かけられることも、如実に伝えられるのではないか。

「ああ、なるほど」

佐助と賢輔が揃って小膝を打った。

流石、お竹どんだわ、と内心舌を巻きつつ、幸は応じる。

「湯屋仲間というのがあるでしょうから、そこと繋がれば何とかなりそうね」

ほな、私も、と豆七が腰を浮かせる。

「花火の柄やさかい、来年の両国の川開きに船を仕立てて、私ら全員、揃いの浴衣でお披露目する、いうのはどないだすか」

「豆七どん、自分が船で花火見物したいだけと違うんか」

お竹にぴしゃりと言われて、豆七は豆狸に似た顔をくしゃつかせる。

皆、刻の経つのも忘れて、夢中だった。行灯の心もとない明るさのもと、新たな潮流を作るための知恵が次々と絞られていく。

開け放った障子から、朱を帯びた陽射しが斜めに入り、畳を焼く。

風はそよとも吹かず、たった今、仕事を終えたばかりの型彫師たちの仕事場には、むんと熱が籠っていた。

部屋に招き入れられたのは、型付師夫婦と、客人である五鈴屋の店主と手代の四人。迎える側の二人の型彫師は、暫く湯にも行かず、髭や月代の手入れもしておらず、疲労が色濃く滲んでいた。老いた方の型彫師が、文箱の蓋を返して、朱塗りの面に一枚の大判の型紙を置いた。そのますっと、四人の前に差しだした。

型紙は茶色、刃物を用いて開けられたところから、蓋の地の朱色が覗いている。孔を通して見える朱が、橙色の花火を思い起こさせる。

「七代目」

力造が声を低めて幸を呼び、促す眼差しを向けた。

微かに震える手で、幸は型紙を取りだし、高々と持ち上げて光に翳(かざ)してみせる。残る三人も、互いの頭をつけるようにして、型紙を覗き込んだ。

孔を通して、光が届く。

まさに、漆黒の闇(やみ)に広がる花火であった。どーん、という音、見物客の歓声までが耳に届く。図案の花火にも驚いたが、型紙に彫られると、型彫師たちの執念が籠り、一層の迫力を伴って胸に迫った。皆、息を吐くことさえ忘れて、型紙に見入った。

どれほどそうしていたか、幸はふと、梅松と誠二が固唾(かたず)を呑(の)んでこちらを見つめていることに気づいた。慎重に型紙を蓋に戻して、幸は徐に畳に両の手をついた。

「梅松さん、誠二さん、見事な型紙をありがとうございます」

この通りです、と平伏する店主に、賢輔も倣(なら)う。

「お才、見な。手がこんなだ」

力造は掠(かす)れた声で女房を呼び、己の両の手を、掌(てのひら)を上にして示した。微かに震えているのが見て取れる。

「この型紙を使って、俺(おれ)が糊(のり)を置いて型を付ける。そう思うと、どうにも震えが止まらねぇのさ」

お才は声を低めて、亭主に囁いた。

「お前さん、恐いのかい」

「馬鹿いうんじゃねぇ、こいつぁ武者震いだ」

女房を一喝すると、型付師は老若二人の型彫師へと向き直り、しんみり打ち明ける。

「梅さん、誠さん、俺ぁもう言葉が見つからねぇのさ」

同じ型紙に二人で彫り物を、という初めての試みは、梅松にとっても誠二にとっても、容易くはなく、幾度もの失敗を乗り越えて、ひと月余りをかけての完成だった。それだけに、皆の反応に心底安堵したのだろう、揃って太く長い息を吐きだした。

「梅さんも誠さんも、本当によくやり通したこと。あとはうちのひとに任せて、少し身体を厭うてくださいよ」

間近で精進を見ていたお才は、二人を優しく労う。

梅松は傍らの誠二に目を遣ってから、応えた。

「おおきになぁ、お才さん。誠二も私も、今日だけはゆっくりさせてもらいます」

試みの品の鈴と鈴緒を、大きな寸法の型地紙に彫り直すほか、賢輔の新たな図案を型彫する等、すべきことは山積みだった。

「梅松さん、誠二さん、この通りです」

幸は両の掌を畳に置き、深々と首を垂れる。賢輔も主に倣った。

その腕前だけが頼りゆえ、型彫師たちに無理をさせてしまう、という自覚が、五鈴屋の主従にはある。

「七代目、賢輔さん、どうぞもうお顔を上げてください」

梅松は、ふたりの側へとにじり寄る。

「私も誠二も、白子で型彫してた頃には、思いもかけん人生をもろたんです。自分らが彫った型紙が潮目を作る、その場ぁに立ち会わせてもらえることが、どれほど嬉しいか、どれほどありがたいか」

梅松の隣りで、誠二も大きく頷いた。

確かに、と力造も相槌を打って、慎重に文箱を引き寄せる。

「梅さん、誠さん、このお宝は大事に預からせてもらうぜ。あとはこっちに任せてくんな」

小紋染めを一緒に手掛けていた型付師たちに、両面糊置きの技は伝えてある。ただちに型付に取り掛かり、出来た順から紺屋に回すとのこと。

「型付の仇は雨だ。秋の長雨、冬の雪を避けるとなると、そうさなぁ、ひぃ、ふぅ、みぃ、と」

力造は思案しつつ指を折って数え、神無月一杯にはかなりの数を仕上げられそうだ、との見込みを口にした。

それやったら、と梅松は力造の方へと身を傾ける。

「力造さん、型紙は傷むものやさかい、花火の柄をまず先に、充分に用意しますよって。ほかの図案も順に手掛けて、年内には全部、渡し終えるようにします」

来春、おそらく初午の頃には、五鈴屋の二つの蔵一杯の浴衣地が揃うはずだ——型彫師と型付師の遣り取りに、じっと耳を傾けていた幸は、そう確信した。

あれほど厳しかった残暑が去り、着物に裏を付けたかと思う間に、綿が入る季節になった。

枝豆やぁ、枝豆

豆名月にぃ、枝豆ぇ

束ねた枝豆を胸に抱えて枝豆売りが街を行くのも、この時季の風物詩だった。

「今夜は大丈夫そうだすなぁ、お竹どん」

もと三嶋屋の戸口から空を仰いで、お梅は上機嫌だ。土間で雑巾を絞っていたお竹は、どれ、と腰を伸ばした。

「ああ、これなら夜まで大丈夫だすやろ」

一筋の雲さえなく、隅々まで深い藍色を湛えた空を見上げて、お竹は太鼓判を押す。

先月の十五夜は雨で、月を観ることが叶わなかった。その日、菊栄の提案で、力造や梅松、誠二も招き、観月することになっていた。楽しみが流れて、お梅はかなり落胆したのだ。今日はその仕切り直しが行われる。

「ご寮さんが、夕餉もこっちに仕度するよう言うてはったさかい、そのつもりでな、お梅どん。それと、鞘豆、否、枝豆も忘れんように買うときなはれや」

お竹はきびきびとお梅に命じて、再び掃除に戻った。

お梅はまだぐずぐずと外を見、内を眺めている。

「菊栄さまは一体、何時、こっちに移りはるんやろか。こないに広いさかい、早う小梅を引き取って遊ばせたいのに」

三嶋屋から明け渡しを受けたのが水無月晦日、あれから二月半が過ぎても、菊栄は一向に移り住む気配を見せない。

「勿体ないことだすなぁ」

「何をぶつぶつ言うてるんだす」

雑巾を動かす手を止めて、お竹がお梅を咎める。

「お客さんがここで反物を裁ったり、帯結び指南に使うたりして、日々、ひとの出入りがおますのや。何も勿体ないことおまへん」

さっさと仕事に戻りなはれ、とお竹は首に筋を立てつつ言い放った。

藍色を湛えた大川の流れに、反物が二反、泳いでいる。

紺屋の職人と力造とが浅瀬で膝小僧まで浸かり、反物を水の中で激しく揺さ振った。藍染めの最後の作業、「水元」と呼ばれる水洗いを行っているのだ。

川に設けられた板場にしゃがみ込んで、幸と賢輔は飽かずにそれを眺めていた。

「済みませんねぇ、女将さん、賢輔さん、こんなに朝早く」

背後からお才が声をかける。

「ものが出来てからでも良いんじゃないか、と思ったんですが、うちのひとがどうしても、って聞かないものですから」

染物師の女房の台詞に、いえ、と幸は頭を振った。

「あの柄の生まれるところに立ち会わせて頂けるだなんて、これほど嬉しいことはありません」

力造の手で両面に糊を置かれた反物は、紺屋に運び込まれて、「豆汁(ごじる)」と呼ばれる大豆をすり潰(つぶ)した汁を刷毛(はけ)で両面に塗られる。豆汁を乾かしたあと、暫く寝かせてから初めて藍染めが施(ほどこ)されるのだと聞く。

全ての作業を具(つぶさ)に見てみたい、と思うのだが、職人の仕事の邪魔になるので控えていた。そんな幸の気持ちを慮(おもんぱか)り、力造は自分も水元の作業に加わることで、見られるようにしてくれたのだ。

藍染めを施された反物は、ああして水に晒(さら)されることで、余分な染料と、両面に置かれた糊とを落としていく。

皐月、打ち上げ花火を映した大川の流れに、今、花火柄の藍染めの反物が泳いでいる。図案を描いた賢輔は、何とも感慨深い眼差しで、力造たちの姿に見入っていた。

「七代目、賢輔、もうちょっと近くまで寄っておくんなさい」

ほどなく、力造は反物を手繰(たぐ)り寄せて、紺屋に示した。紺屋が頷くや否や、

「二人とも、落ちないようにしてくださいよ」

と、こちらに向かって声を張った。

お才の忠告を背中で聞きつつ、板場の端まで進む。泳ぎが得意でない幸を気遣(きづか)って、

「ご寮さん、危のおます。私に摑まっておくれやす」

と、賢輔は右腕を差しだした。

水から引き上げた反物を両手に広げて、力造は板場の幸と賢輔に示す。濡れて色を深めた藍に、くっきりと白い花火の紋様が浮かび上がる。念願の品が、この世に生まれた瞬間だった。

左手で賢輔の腕を摑み、右の手を伸ばして、幸は花火に触れる。川開きの日に見た、あの花火が鮮やかに蘇る。

お勁。

産声を上げることのなかった娘の名を、幸は胸のうちで呼んでいた。この腕に抱くことの叶わなかった娘の代わりに、今、こうして新たな染物に出会えた。

潤み始めた双眸を悟られぬよう、幸はそっと視線をずらせた。賢輔は、と見れば、唇を堅く結んで、顎が戦慄くのを堪えている。

花火の図案を描き上げるまで、賢輔にとっては苦難の日々だった。何より、結の一件で五鈴屋が窮地に落とし入れられたことに、どれほど自責の念を抱いていたか知れない。全てが昇華されての今なのだろう。

事情を知る型付師夫婦は、目立たぬように眼差しを交わし合う。

「あとは、これを干し場に広げて、天日で乾かすんでさぁ」

自身の家の方を顎で示して、力造が言えば、お才が腰を伸ばして、

「今日はこの上天気、おまけに風もありますからねぇ、夕方までには乾きますよ。ねえ、お前さん」

と、華やいだ声を上げる。

ああ、と力造は頷いて、濡れた反物を自分の方へと戻した。

「まぁ、今夜、楽しみにしてておくんなせぇ」

染物師の言葉を受けて、幸は、はい、と晴れやかに笑みを浮かべた。

後の月は、まだ陽のあるうちに顔を覗かせ、夜の訪れとともに、東から南の空へと移ろう。もと三嶋屋、今は菊栄の持ち物となった店の二階、南向きの物干し場から、蛤に似た優しい形の月が、よく観えた。

型彫師二人と、型付師夫婦、それに弟子の小吉を招いて、大勢での月見となった。だが、集まった誰も、月をろくに観ずに、専ら、座敷に広げられた反物ばかり愛でていた。力造が持ち込んだ、件の花火柄の藍染めである。

「ほんまに、何遍眺めても見飽きませんなぁ」

反物に顔を寄せたり離したりして、菊栄が感嘆の声を洩らす。

ほんに見事だす、とお竹が相槌を打てば、小吉と大吉も、

「藍と白だけなのに、どこからどう見ても花火だよなぁ、大吉」

「へぇ。何や『どーん』て音まで聞こえてきそうだすなぁ」

と、囁きあった。

褒めてもらうのは嬉しいが、と力造は軽く首を振る。

「陽の光で見れば、もっと鮮やかだ。おまけに、地直しの前なんで、幅が揃ってなかったり、柄が歪なところもある。きちんと整えりゃあ、もっと綺麗になりますぜ」

「これよりもっと綺麗になるんだすか。ほな、私も地直し、してもらいまひょか」

お梅がおどけてみせて、皆が大いに笑った。

座が和んだところで、賢輔がそっと反物を引き寄せ、風呂敷に包んだ。それを機に、酒や肴、お茶や団子などが運ばれる。

ほどよく酔いが回ったのか、梅松は盃を置いて、ほっと温もった息を吐いた。

「夕方、力造さんに呼ばれて、誠二と二人、物干しに上がったんです」

水元を終えて天日に干された反物が、風に揺れていた。藍色に白抜きの花火が、夕陽に映えて、声を失うほどに美しかった。

「『息を呑む』言うんはまさにこのことや、と思い、誠二の方を見たら、誠二は反物

の下で、蹲って動けんようになってました。どないしたんか、とようよう見たら、えらい泣いてましてなぁ」

「梅松さん、何もそないな話、ここでせんかて」

酒のせいだけではなく、誠二の頰が赤い。

梅松がそうだったように、白子で生まれ育ち、貧しさに耐え、ただ型彫だけを続けて生きてきた誠二だ。自身の彫った型紙が、誰の手でどんな風に使われて反物として仕上げられるのか、知る由もなかった。型染めされた反物を見た時の、誠二の驚きと喜びは如何ばかりか。

梅松が五鈴屋で初めて力造の小紋染めを見た時の、崇高な情景は、今も幸たちの胸を去らない。だからこそ、広げて干された反物の下に蹲って泣く誠二の姿を、容易に思い浮かべることが出来た。

目を潤ませながら、お竹が誠二の盃に酒を注ぐ。

型彫師の感激は、一同に大きな手応えを与え、商いの行く末に明るい光を投げかける。

「一昨年は、大坂の五鈴屋さんの広縁で、七代目と鉄助さん、それに綿買いの文次郎いうおかたと皆で月見をさせてもらいました」

お梅の御酌(おしゃく)を受けて、梅松は懐かしい口振りになった。

「あの時、月て綺麗なもんやと思いましたが、今年の月は一層、胸に沁(し)みます」

梅松の言葉に、幸も一昨年の観月を思い起こす。あの折りに聞いた文次郎の声が、耳の奥に帰って来た。

――あの綺麗な月を、今、辛(つら)い気持ちで眺めてる者かて、きっと仰山(ぎょうさん)居てるやろ。せめて、何年かのちの十三夜には、木綿作りに携わる者にも、型紙彫る者にも、『明るうに澄んで、ええ月や』と思うてもらいたいもんや

あの浴衣地が、江戸中に、否、日本中に広まったなら――浴衣地作りに携わる全てのひとの手を、幸は想(おも)う。全ての手を敬い、その働きに正しく報(む)いたい、と強く願う。その下地があればこその、「買うての幸い、売っての幸せ」ではなかろうか。

「来年の十三夜は、どないな月に見えますやろなぁ」

梅松の傍らで、お梅が月を見上げて呟いた。

きっと、と菊栄が艶(つや)やかな笑みを湛える。

「きっと、今まで見た月の中で、一番ええ月になりますやろ」

観月の宴(うたげ)から十二日が過ぎた、早朝のことだった。

朝餉のあと、菊栄が幸と佐助を隣家の座敷に呼んだ。

「幸も佐助どんも、店開け前の忙しい時に、無理いうて堪忍なぁ」

もと三嶋屋の座敷に現れた主従を迎えて、菊栄はまず詫びた。

畳には、暦を開いて置いてある。「江戸暦」と呼ばれる、綴暦だ。

菊栄は暦に目を落とし、今日の日付に書かれた「戊申」のところを指で押さえると、自らを鼓舞するように頷いた。

顔を上げた時、にこやかな優しい表情から、すっと笑みが消えていた。双眸に強い光が宿っている。徐に畳に手をつくと、菊栄は二人の方へと身を傾けた。

「天赦日の今日、どないしても、五鈴屋に買い上げてほしいものがおましてなぁ」

買い上げてほしいもの、と幸は小さく繰り返し、傍らの佐助と、戸惑いの眼差しを交わし合う。

「菊栄さま、一体、何を買えと仰……」

問いかけの言葉を途中で留めて、幸はふっと口を噤む。

——菊栄さま、いつからこっちに越してきまひょか

——引き移りはまだまだ先だす。ちょっと考えてることがおますよってになぁ

まさに、この座敷で聞いたお梅と菊栄の遣り取りが、唐突に思い出された。

もとは大きさの異なる五軒長屋で、紆余曲折あって、五鈴屋と三嶋屋が分け合う形となった建物だ。一年半ほど前、三嶋屋の店主が幸に買い取りを願い出た時は、まだ浴衣地販売の道筋が明瞭になっておらず、手が出なかった。

それを買い上げたのが、菊栄だったのだ。売買の場に立ち会わせてもらったが、相場より心持ち安く、非常に良い買い物だったのは確かだ。しかし、これから商いを始めるにしては、あまりに店が大き過ぎた。

もしや。

もしや……。

菊栄さま、と幸は菊栄の前まで膝行する。

「菊栄さま、ここを……五鈴屋にここを買い上げよ、と」

ひゅっ、と短い音を立てて、佐助が息を吸った。

それまで眼光炯々、幸と向き合っていた菊栄の、その頬と口もとが僅かに緩む。双眸は柔らかに和み、ふっ、と甘やかに鼻が鳴った。

五鈴屋とは地続きで、二倍半ほどの広さ、大きな蔵も二つある。両店に手を入れて間口と表座敷を広げたなら、大勢のお客を迎えることが出来るだろう。

おそらく菊栄は、件の浴衣地が江戸中を巻き込んで売れることを見込んで、最も相応しい場所を先に押さえて、待っていたのだ。ほかの者の手中に収まってしまえば、同じ条件で五鈴屋が買い上げるのが難しくなることを見越して。

三嶋屋からの買い取りを決めたあの夜、菊栄の話していた「胸中に成竹あり」は、菊栄自身の商いではなく、五鈴屋の太物商いの成功のことを指していたのか。しかし、どこの世界に、他人のためにそこまで大きな賭けをする者がいるだろうか。

「五鈴屋は、私の嫁ぎ先やったお店だす」

幸の思いを見透かしたのか、菊栄は思案しつつ口を開いた。

「亡うなったお家さんには、ほんに大事にして頂きました。四代目とは短いご縁だしたが、五鈴屋の暖簾が永いこと続いてくれたなら、どれほど嬉しいことだすやろか。そのための一助になりとおますのや」

菊栄が五鈴屋の嫁として過ごした二年は、決して、幸せに満ち溢れた歳月ではなかった。しかし、嫌な思いは水に流し、富久から受けた恩だけを胸に刻んでいる。

ああ、やはり菊栄さまだ、並みのおひとではない——菊栄の言葉に、幸は深く胸を打たれた。

菊栄は居住まいを正すと、眼前の店主と支配人に、熱を込めて申し出る。

「改めて、おふたりにお頼み申します。五鈴屋江戸本店に、この土地と屋敷全てを、お買い上げ頂きとう存じます」

「ありがとうございます」

最初に懇篤(こんとく)に礼を言い、幸は支配人を見る。

「佐助どん、どうですか？」

まず支配人としての考えを問われて、佐助はやっと落ち着きを取り戻した。

「場所を移らずに、店を大きいに出来るんは、ほんに、ありがたいことでおます。今から手筈(てはず)を整えて改築に入ったなら、夏の売り出しには備えられます」

支配人の意見に、そうですね、と店主は深く頷いた。

「菊栄さま、買い上げに際しての条件を仰ってくださいませ」

ふん、と甘やかに頷いて、菊栄は「条件は二つだす」と切りだす。

「一つ目は、値ぇだす。三嶋屋さんからお譲り頂いた時の値ぇでどないだす？　それと、一遍(いっぺん)に支払わんかて、三年の年賦(ねんぷ)で宜しおます」

菊栄の方からのありがたい申し出に対し、五鈴屋側はその値に幾分かの利を上乗せすることを提案し、了承に至った。

「二つ目の条件を、お聞かせくださいませ」

幸に問われて、菊栄は西側の端を指し示した。

「店の一角を間借りさせとくれやす。ちょっとした小間物を商えるように」

戸惑う幸と佐助に、菊栄はその眼差しに強い意志を宿らせて、言葉を続ける。

「私の考える簪は、細工が細かいさかい、数が揃うまで時がかかる。それに、幅広いひとらに受けるものでも、また、飛ぶように売れる性質のものとも違う。今までかかって、やっと算段が整うたけんど、売り出しは再来年の冬になりますやろ。その間に、ここで小商いしつつ、様子を見ようと思うてます」

その分の改築の費用は私が持ちますよって、と菊栄は言い添える。

再来年、という売り出しの目安。それに算段も整ったことを聞かされて、菊栄の描こうとする「成竹」の姿が、幸にもおぼろげながら見えてきた。途中、職人探しが難航し、案じもしたけれど、財産を為替にして江戸に持ち込んだ時から、菊栄は数年かける心づもりであったのだ。

まだ大坂で誰も知ることのなかった、備前国の鉄漿粉を見出し、紅屋の起死回生を果たした菊栄の手腕を、改めて思い知った幸であった。

「江戸店が呉服仲間を外されて、太物商いしか出来んようになった——大坂でそれを聞かされた時は、どれほど案じたか知れまへん」

無事に手打ちとなったあと、菊栄はしんみりと胸のうちを明かす。

「けどなぁ、間近で、あの型染めが図案から生まれていくんを見せてもらううち、ああ、これまでの呉服商いでは果たせんかった高みまで、五鈴屋は上り詰めていくのやなぁ、と確信しましたのや」

私はそれを見届けさせてもらいます、ときっぱりと話を結んだ。

寒い、寒い、と思って目を転じると、雪化粧を施した富士の山が遠景に浮かぶ。そんな眼福のもたらされる神無月の終わりから霜月にかけて、江戸っ子が楽しみにするものがあった。

ひとつは鷲大明神社で行われる「とりのまち」こと酉の祭りである。そして今ひとつは、勧進相撲だった。

もとは寺社を建立したり修復したりする金銀を集めるためのものだったが、今は興行として行われている。京坂で盛んだったところが、昨年神無月に、蔵前八幡で行われた本場所で一枚刷りの縦番付表が生まれて、大評判を取った。江戸相撲として、これからますます人気が出るものと思われた。

「相撲取りはあんな形で寒くないのかねぇ。何せほら、殆ど裸だろ」

「始終、相撲を取ってるわけじゃないからさ、普段は綿入れを着てるに決まってるじさやないか」

霜月晦日。もと三嶋屋、今は五鈴屋のものとなった座敷で、十四、五人のおかみさんたちが、せっせと針を動かしつつ、あれこれとお喋りに花を咲かせている。

「針を持つ間は、あまり、お喋りに気を取られないようにしてくださいよ」

もと御物師の老女のひと言に、一同は素直に「はい」と応じる。

店の外側には足場が組まれて、屋根瓦が順に下ろされ、職人たちの威勢の良い声が座敷まで届いていた。

「皆さん、おおきにありがとうさんだす。ちょっと一服しとくなはれ」

盆に湯飲み茶碗を載せて、お竹とお梅が土間から座敷へと上がる。

「あ、お竹さん、鼻緒の綿入れ、これくらいで良いだろうかねぇ」

「私のも見ておくれでないかい」

お竹を呼び止めて、作りかけの鼻緒を見せる者が相次いだ。

来月十四日、五鈴屋の創業記念の日に、買い物客に配る鼻緒を、ああして皆で作っている。去年、幸とお竹が刻を惜しんで縫うのを見て、「帯結び指南や、裁ち方指南のお礼に」と、手伝ってくれるようになったのだ。

隣りの座敷からその様子を眺めて、菊栄がしきりと感心する。

「江戸にかて、色んなひとが居てるやろけど、五鈴屋に関わるひとらは、ほんに律儀者だすなぁ」

「ええ、お陰様で大助かりなんです」

にこやかに応える幸の隣りで、佐助も大きく頷いた。

件の藍染めは、力造との約束通りに順次、五鈴屋の蔵に運び込まれている。売り出しに際しては、浴衣に仕立てて「こういう風になります」と披露目に使うつもりだった。もと御物師の志乃に相談をして、針妙を頼めるひとを探している最中なのだ。鼻緒作りは、その人となりや腕前を見る場にもなっていた。

「ひとが住んだまま、商いを続けたままの改築は、手間も日にちもかかるけんど」

むき出しの梁を見上げ、菊栄はつくづくと言う。

「少しずつ出来上がっていく楽しみがおますなぁ」

指物師の和三郎の伝手で頼んだ棟梁と、綿密な打ち合わせを重ねて、来春、弥生末日には全ての作業を終えてもらうことになっていた。

色々なことが動き始めた。一歩、一歩、慎重に、と幸は自身に言い聞かせる。

菊栄を残して、商いに戻る途中、佐助がしみじみと言った。

「坂本町の呉服仲間の寄合で、ほかの店の顧客を横奪した、いう因縁を付けられたんが、丁度、三年前の霜月晦日だした」

　そうね、そうだったわね、と幸は頷く。

――仲間を外されたら、私らは呉服を商うことが出来んようになってしまう。あんまりだす、そない殺生なこと

　佐助の悲痛な叫び声は、今も胸を去らない。

「三年、私には長うおました。途方ものう、長うおました」

絞りだすように打ち明けたあと、けんど、と佐助は顔つきを改めた。

「けんど、三年かけて、ようよう新たな商いの機ぃが熟したんだすなぁ」

　機は熟せり――幸もまた、唇を真一文字に引き結ぶ。

　身分を問わず、懐（ふところ）豊かな者にも倹（つま）しい暮らし向きの者にも、好んで纏われる浴衣地を、この手で届けたい。

　大川に橋を架けるように、太物の世界にも大きな橋を架けたい。美しい、藍色の橋を架けたい、と幸は心から願う。

　鋸（のこぎり）を引く音とともに、杉の香りが辺りに立ち込めていた。

　師走（しわす）十四日、五鈴屋江戸本店は、創業から丸七年を迎えていた。

店の表には恒例の、菰を巻いた見事な樽酒が飾られて、青みがかった緑色の暖簾とともに、お客を招く。丁稚に見送られて、店から出てくるお客たちは、反物を収めたと思しき風呂敷を胸に抱え、真新しい鼻緒を手にしていた。

「今年も、良い買い物をさせてもらったよ」

表座敷の上り口に腰を掛け、桟留革の紙入れを懐に仕舞って、男は相好を崩す。傍らで、その女房が鼻緒を選んでいた。

「今年の鼻緒は、藍染めなのですね」

賢輔が手にする盆に並んでいるのは、「甕覗き」と呼ばれる淡い色から、濃い「留紺」まで、濃淡の藍染めだった。

「染め方には先人たちの知恵が詰まっていると思いますが、藍染めの、味わい深く潔い美しさが、私は好きです」

女房の台詞に、五鈴屋の主従は思わず笑みを零す。

女房は藍色と縹色とで少し迷ったが、結局、藍色の鼻緒を手に取った。

「一年来ないと、色々と変わるものだ、街も店も」

立ち上がって、男は店の中をしげしげと見回す。

座敷の西側の壁が取り壊され、板の仕切りが設けられていた。その向こうで、鎚や鑿を振るう音が間断なく続く。

「隣家は確か、三嶋屋とかいう、割に大きな提灯屋だったと思うのだが……」

「はい。ご縁を賜り、店を広げさせて頂くことになりました」

幸の返答に、ほう、と男は軽く目を見張る。

「隣りを買い上げた、ということか。それはまた……」

相手はじっと幸の双眸を見つめ、幸も笑みを湛えたまま、視線を逸らさない。

「何やら企み、しかも、勝算あり、というわけですな」

お客は満足そうに頷いて、これは来年が楽しみだ、と上機嫌で笑った。

第十章　揃い踏み

明けて宝暦九年（一七五九年）、睦月十六日。

正月とお盆の十六日は、湯屋に奉公する者にとって、特別の日であった。この日に客が払う入浴料は、薪代を除いて、全て奉公人らの懐に入る仕組みだった。安い賃金で、なかなかに辛い仕事だが、この日のご祝儀で一息つけるのだ。

朝四つ（午前十時）、神田の湯屋に佐助と賢輔の姿があった。五つ（午前八時）から方々の湯屋を巡り、ここは五軒目だった。

戸口を入ってすぐの高座には、三宝が据えられ、そこに客からのお捻りがうずたかく積まれてある。店番をしている老人が、二人を認めて「いらっしゃい」と声をかける。今日は藪入りのため、商家の奉公人が朝から湯屋を訪れるのも、特段、珍しいことではなかった。

「お伺いしたいことがおます」

賢輔が懐紙に包んだものを取りだして、老人に差しだした。銭貨ではない手触りに、老人は欠けた歯を覗かせて、「何でも聞いてくんな」と応えた。

江戸では、内風呂を持つ家は殆どない。

薪代が高いことや水汲みの苦労などもあるが、最も大きな理由は、火の扱いの難しさだった。だが、土埃も砂埃も酷い土地柄、それに、夏はさっぱりと汗を流したいし、冬は湯船で芯から温もりたい。日々の暮らしに欠かせないものであり、懐豊かなものも、倹しい庶民も、皆、湯屋へ通う。

江戸の総町数、千七百弱。湯屋の総軒数は、およそ五百。数字の上では三町にひとつは必ず在ることになる。湯屋は手堅い商いだった。

五鈴屋江戸本店が、新しい浴衣を広める場所として選んだのが、この湯屋であった。

「では、湯屋仲間というのは、おかみからは……」

佐助と賢輔から今日の報告を受けた幸だが、思いがけない話に驚きを隠せない。

「へぇ、まだ正式には認められてへんそうだす。あくまで仲間内で湯屋株いうのを作って、お互いに守り合うてはいても、おかみのお墨付きはあらへんそうだす」

佐助の説明に、それは、と幸は考え込んでしまった。

心地よく健やかに暮らすためにも、湯屋は欠かせない。おかみがその営みを守り育てなくてどうするのか。それとも、ほかに何か事情があってのことだろうか。

「湯屋同士、横の繫がりもしっかりあって、総代も三人ほど居ってだす。そのうちの一人に話を伺えました。火元になることやら、風紀の乱れやらを理由に、おかみとの間では設営を巡って、色々と揉めたようだす。それもあってか、何遍も湯屋十組として認めて頂くようおかみに願い出ても、なかなかお許し頂けん、いう話でおました。月末の寄合にお邪魔させてもらえるよう、お願いして参りました」

今少しお待ちください、と賢輔は丁寧に頭を下げた。

二人を労って持ち場に戻したあと、幸はじっくりと黙考する。

江戸の湯屋が全部でおよそ五百、というのがわかっただけでも、充分に収穫だった。いつぞや、お竹が指摘した通り、ひとは湯屋では皆、裸になる。素肌に纏う、心躍る浴衣。湯上りにそのまま帰れる浴衣。披露目の場として湯屋ほど相応しいところはない。見本として一軒に一枚、高座の店番に着てもらえるよう交渉するとして、五百枚、全部で五百枚の浴衣が必要になる。

売り出しは皐月二十八日、両国の川開きの日だ。それだけの枚数の仕立てをどう進めるのか。右の手を拳に握って額に押し当て、幸は一心に考える。

　如月七日、早くも初午が巡ってきた。

　とんとんとん、と太鼓を打ち鳴らして、子どもたちが元気に表通りを駆けていく。太鼓に負けじ、と槌を振るう威勢の良い音が響き渡り、新しい材木の芳香が辺りに漂っていた。半年かかる予定の五鈴屋の改築も、至極、順調に進んでいた。

　店開け前、半分に仕切った座敷で、五鈴屋の主従は二人の型彫師、それに型付師と一堂に会していた。

「これが今日、運び込んだ反物の見本です」

　敷布に広げられているのは、花火、鈴と鈴緒、団扇、柳に燕の四種の型染めだった。主従は互いに眼差しを交え、満足そうに頷き合う。

　いずれも、また幾度見ても、惚れ惚れする仕上がりだった。

「七代目に頼まれた通り、花火の分は地直しをして、すぐにでも仕立てられるようにしてありますぜ」

「ありがとうございます。お手間をかけました」

　畳に手をついて、幸は丁重に頭を下げる。奉公人らも一斉に主に倣った。

　両面に糊を置き、くっきりと紋様を浮きださせた型染めの浴衣地に、五鈴屋は、銀三十匁の値を付けることに決めていた。木綿の白生地、型地紙、型彫、型付、藍染め等々、携わる者の暮らしを守ることと、買い求め易さとを熟考した上での値付けであった。

日本橋の太物商での売れ筋の縞木綿が一反、一両ほどなので、その半値。五鈴屋で以前商っていた小紋染めは銀百匁だったから、その三分の一以下の値となる。

「あれは去年の文月だったか、七代目から、売り出しを次の夏にする、と聞かされたのは。あの時は知らなかったが、今年は閏年、しかも、閏七月がある。浴衣を商うには、うってつけだ。天が味方したとしか思えねぇよ」

首を振り振り、独り言のように呟いたあと、力造は表情を改めた。

「七代目、売り出しは予定通り、皐月二十八日で、変わりはねぇんですかい」

力造に問われて、ええ、と幸は頷く。その頃には、広くなった店でお客を迎えることが出来る。

みぃ、よう、いつ、と指を折り、力造は、

「まだ大分と日がありますが、このまま染め続けますか。それとも一旦、休みますか」

と、少しばかり声を落とした。

もと三嶋屋の大きな蔵には既に藍染めの反物がぎっしりと詰まっている。売り出しまで品物は動かないため、いずれ置き場所に困るのでは、と案じているのだ。

「どうか、途切れることなく染め続けてくださいな。売り出しまでに、五百反ほどを仕立てに回しますし」

「げっ」

力造は妙な声を発して、仰け反った。

「そんなに仕立てて、一体、どうするつもりなんですかい、七代目」

「もちろん、着て頂くのです」

五百反、大人の浴衣で五百人分。どんな人たちに着てもらうのか、力造には見当もつかないらしく、弱った体で頭を振った。

「まぁ、五鈴屋さんのことだ。売り出しまでに充分、策を練っていなさるだろう。下手な心配はしねぇで、引き続き、型付に励みますぜ」

力造の隣りで、梅松が小さく溜息をついた。

「私らにも何ぞ手伝えたらええのやが……。型彫師は型を彫ってしもたら、ほかに何も手伝えることがない」

「何を言わはるんだす、梅松さん」

座敷の隅に控えていたお梅が、身を乗りだして、言い募る。

「あないに骨身削って型彫しはったやないの。型紙があればこそ、この反物がおますのや。あとは餅は餅屋、私らに任せたら宜しおます」

お梅の言葉に、梅松と誠二は愁眉を開いた。

「何やお梅どんがえらい活躍してる口振りだすけどな」

豆七が口を尖らせる。

「お針を手配したんはご寮さんとお才さん、湯屋仲間へ何遍も足を運んでるんは、佐助どんと賢輔どんだすで」

湯屋、と力造が小首を捻った。

折よく、表から「五鈴屋さん、ちょっと良いですかい」と大工の声が聞こえた。

朝五つ（午前八時）から四つ半（午前十一時）、一旦離れて、九つ半（午後一時）から七つ半（午後五時）。およそ三月の間、五鈴屋の二階座敷に詰めてもらう。

裁縫道具は全て五鈴屋が用意する。反物は決して持ち帰らない。手間賃は一日銀一匁、これは大工の賃銀の三分の一にあたる。

もと御物師の老女、志乃から助言をもらい、条件を決めて、鼻緒作りを助けてくれた十五人に声をかけた。加えて、お才の伝手で染物師の女房たちが十人。反物を裁つのは幸とお竹が受け持ち、縫い方の指導は志乃に任せることとした。

一番の悩みは、浴衣の形であった。男物と女物の仕立ての大きな違いは、丈と脇明。男物の着物の丈は身丈と同じ「つい丈」だが、女物は丈が長く、裾を引き摺る。また、男物の脇は縫い閉じられているが、女は幅広の帯を結ぶため、動き易いように三寸五分（約十三センチメートル）ほど脇が開いている。

「ものは湯屋の店番に着てもらう浴衣ですから、丈は短い方が良いし、脇明がなくても構わないんじゃないですか。浴衣は素肌に着るものですから、なまじ脇明があると、女のひとは気を遣いますし。つい丈で脇明なしなら、男女問わずに纏えますよ」

志乃の鶴の一声で、仕立て方も決まった。

初日、その生地を見た時、おかみさんたちは一様に息を呑み込んだ。しんと静まり返ったあと、訪れたのは、興奮というよりも、深い感銘であった。

「ああ、驚いた、肝が潰れちまうかと思った」

「何て綺麗なんだろう。こんな柄、生まれて初めてみるよ」

継ぎの当たった着物で幾度も手を拭い、おずおずと、藍染めに触れる。慈しむ手つきで、おかみさんたちは一様に、花火の柄を撫でて溜息を洩らした。

その情景は、幸とお竹、それにお才の胸に深く刻まれる。

ひとりが、幸とお竹を交互に見て、恐々、口を開いた。

「女将さん、お竹さん、ちょいと尋ねても良いかねぇ。この反物、ものは太物だけど、五鈴屋で売り出す時は、相当するんだろうねぇ」

こんなに手が込んでるんだものねぇ、と吐息交じりの問いかけだった。

お竹は、幸が頷くのを認めて、

「太物の良さは、手頃な値ぇで楽しんで頂けることだす。この度の手間賃を溜めてもろたら、よほどの子沢山でない限り、ご家族の分まで買うて頂けますやろ」

と、答えた。

尋ねた女は、裁った布を思わず胸に抱きしめる。

「大事に、大事に縫わせてもらいますよ」

「世間はまだ誰も、この柄を知らないんだろ？　最初に関わらせてもらえるのは、何て果報なことだろうねぇ」

高揚したおかみさんたちを鎮めるように、指南役の老女が、

「さぁさぁ、口を動かす前に、しっかり針を動かしてくださいな。それぞれ、ひと月に七枚を仕立てなきゃ間に合いませんからね」

と、ぱん、ぱん、と手を打ってみせた。

新しい型染めを施した、心躍る浴衣地。それを用いて浴衣を縫い上げる、という使命は皆をひとつにまとめた。おかみさんたちはお喋りも封じて、ひたすら運針に励む。男女問わず着てもらえるよう、丈は「つい丈」。袖口は縫い閉じず、「広袖」に。動きやすく、風を取り込みやすい浴衣に仕立てる。ただし、佐助のように上背がある者のために、丈の長めのものも混ぜることにしてあった。

手慣れれば二日もあれば仕立てられるだろうが、より丁寧に。それでも月に七枚、というのはかなり根の要る仕事になる。それが三月の間、続くのだ。

佐助と賢輔が湯屋仲間の寄合に顔を出し、月行事と繋がり、粘り強く交渉を重ねているところだ。湯屋に配るのは、仕立てた浴衣、五百枚。

「五百枚、間違いなく、日切りまでに仕上げますよ」

案じる幸とお竹に、指南役の志乃は明言してみせた。

浅蜊ぃ、むっきん

浅蜊ぃ、剝き身よっ

浅蜊売りの威勢の良い売り声が、陽炎の中に溶けていく。彼岸までまだ間があるが、陽射しは麗らかだ。佐助とともに近江屋へ向かう道中であった。如月十六日、二年前は天赦日だった。力造が両面の糊置きに成功してから、早や二年になる。

時の経つのは早いものだ、と幸は感嘆する。

日本橋川を渡り、楓川沿いを歩く頃から、佐助は黙り込んだ。海賊橋に差し掛かった時、その背中が妙に強張るのを認めた。

目の前は坂本町。ここを歩く度に、佐助は呉服仲間から受けた仕打ちを思い出すのだろう。仲間外れという不名誉を、五鈴屋江戸本店支配人として受け容れねばならなかった、その屈辱と心痛を慮る。

立ち止まって、幸はそっと振り返った。東の方角には、日本橋界隈。日本橋通南二丁目に、結が店主を務める「日本橋音羽屋」はある。

結のことを思い出す度に、胃の腑をえぐられる痛みを覚えるのは、終生、変わらないだろう。けれど、痛みを忘れず、乗り越えると心に誓った。

おそらく、手を取り合う日は巡っては来ない。もう、二度と昔には戻らない。

ただ、呉服仲間を外されることがなければ、五鈴屋が花火柄の型染めの浴衣地に辿り着くこともなかった。その事実だけ、胸に刻んでおこう。

気づけば、橋の袂で、佐助が待っている。幸は橋板を蹴って、軽やかに駆けだした。

近江屋の奥座敷に、支配人直々に誘われて、座った途端、

「先達て拝見した、あの花火の柄の藍染めが」

と、切りだされた。

誰に聞かれているわけでもないのに、相手は辺りを窺って、声を落とす。

「あれが目の奥にこびりついて、寝ても覚めても消えることがありません。ひと月半ほど経ったかて、忘れることも出来んて、この齢になって初めてかも知れません」

花火の柄の浴衣地を近江屋に持参して、これまでの経緯と、これからの展望を伝えたのは、年明け直ぐのことだった。新たな品の売り出しに備えて、店を広げるため、奉公人を増やしたい、と相談に訪れたのだ。

「五鈴屋さんが、町人に向けての小紋染めを手がけはった時も驚きましたが、いや、今回はそれ以上です。あんな途方もないものを見せられて、平静でいることの方が難しい。五鈴屋さんが奉公人を増やして、売り出しに備えたい、というのは尤もです」

支配人の台詞に、幸と佐助は恐縮しきりだった。

以前、五鈴屋が小紋染めを売り出して大盛況となった時に、無理を言って、助っ人

として二人の奉公人を借りたことがあった。しかし、仲間外れの憂き目に遭い、呉服商いを断念した時に、引き上げてもらったのだ。

勝手ばかり言って、との躊躇いや遠慮は常に念頭にある。しかし、優れた奉公人はそう容易には見つけられない。

「特に今回は、店の命運を分けますので、ご迷惑も顧みずにお願いを申し上げる次第でございます」

平伏する幸と佐助に、迷惑などと、と近江屋は鷹揚に応える。

「今回は助っ人としてではなく、正式に五鈴屋の奉公人として迎え入れたい、ということでしたので、少し時を頂戴しました。本店と遣り取りをし、本人たちにも話しましたので、直接、返事をさせましょう。誰ぞ、あの二人を寄越しなはれ」

あとの台詞を、支配人は、廊下の方へ向かって高らかに言った。

さほど間を置かず、ぱたぱた、と廊下を走る軽い足音がして、二人の男が現れた。

一人は細身で背が高く、今一人は太短い。

その姿を認めて、五鈴屋の主従は、思わず笑みを交わした。

「壮太さん、長次さん」

幸に正しく名を呼ばれ、二人とも廊下に両の膝をついた。

「ご寮さん、佐助どん。ご無沙汰（ぶさた）しています」

「壮太どんと私、喜んで五鈴屋さんに移らせて頂きます」

宜しゅうお頼み申します、と壮太と長次は声を揃える。

ありがたい、と幸はぎゅっと瞳（ひとみ）を閉じた。二人の人柄も働きぶりも、重々承知している。これほど心強い援軍はない。心底、助かった、と思った。

「近江屋さん、壮太さん、長次さん、この通りです」

幸は畳に両手をついて、深く額（ぬか）づいた。

佐助もまた、居住まいを正し、店主を真似（まね）る。

二人の引き移りの日を皐月朔日（ついたち）と決め、細かな条件を詰めたあと、主従は近江屋を後にした。

「ご寮さん」

海賊橋を渡る時、佐助は不意に立ち止まり、背後の幸を振り返った。

「ご寮さん、何時（いつ）か、何時の日ぃか」

長い躊躇いのあと、佐助は呉服仲間の会所の方に目を向けて、言葉を続ける。

「仲間外れの汚名を濯（すす）いで、呉服太物仲間を作ることの出来るよう、私、この身を賭（と）して踏ん張りますよって」

支配人の決意に、幸は首肯で応じる。

主従の傍らを、反箱が入っていると思しき風呂敷を背負い、呉服商の奉公人が、小走りで駆け抜けていった。

桜や桃の薄紅、山吹の黄、桐の花の紫、牡丹色、そして躑躅色。江戸の街が彩豊かな花衣を取り替えて、弥生も晦日を迎えた。

幸いなことに、彼岸からこちら、大工仕事に相応しい、天候に恵まれた日が続いていた。もと三嶋屋と五鈴屋、二軒を一軒にする改築は、半年をかけて予定通り、その日の夕方に完了した。

隣り合う二軒の店は、東西に接する壁を取り除き、屋根を新しく葺き替えて、堂々たる一軒家に生まれ変わった。もとの二間半の間口は九間になり、店の間も実に広々としている。五鈴屋側の土間を潰せば、両方の表座敷を繋げてひとつにすることも出来たが、敢えてそうしなかった。

西側の一角を仕切り、菊栄が小間物を商えるようになっている。二階は奉公人のための部屋が三つ、物置と仕立物のための部屋も用意された。畳や建具などにも手を入れて、明日以降、運び込まれることになっていた。

夕焼けが迫る刻限、主従揃って、表通りから店を眺める。

朱に染まった白木の格子が眩い。店の大きさとしては、五鈴屋高島店に近い。長屋作りの建物が多い田原町三丁目、改築して幅を広げたものの、その街並みに溶け込んで、幸の目にはとても好ましく映った。

立看板には鈴紋に「五鈴屋」の文字、立て看板だけは以前のもので、「呉服太物」の文字が残っていた。

「ええ店になりましたなぁ」

菊栄が目を細めて、傍らの幸を見る。

「菊栄さまがお譲りくださればこそです」

ありがとうございます、と幸は改めて感謝の念を伝えた。

奉公人たちは嬉しさと喜び、それに一抹の不安とで、上手く言葉が出て来ない。

「五鈴屋さん、おめでとうさん」

「立派になったねぇ」

通りすがりに寿いだ者たちが、

「しかしなぁ、呉服商いならわかるが、太物だけだろ、今。無理して手ぇ広げて大丈夫なんだろうか」

と、首を傾げた。

浴衣地の売り出しに至っていない今、これまでの蓄財を崩すばかりなのだ。奉公人たちの心に影が差すのも無理のないことだった。

幸は、一歩前に足を踏みだす。

「どんな時も、笑っていましょう」

店の掛け看板に目を遣って、もう一度、繰り返す。

「笑って、勝ちに行きましょう」

――「笑う門には福」だすで、せやさかい、笑いなはれ、盛大に笑いなはれ

五鈴屋の要石、治兵衛の餞の言葉が店主の声に重なる。

へぇ、と一同は気持ちよく声を揃え、笑みを湛えて空を仰いだ。

その湯屋に関する吉報を、佐助と賢輔が持ち帰ったのは、翌日のこと。

卯月朔日、奇しくも智蔵の祥月命日であった。

「涼船？」

松福寺での法要から戻ったばかりの幸は、着替える間ももどかしく、二人からの報告を受けていた。

「両国の川開きの日に、湯屋仲間で涼船を仕立てる、というのですか」

へぇ、と佐助は大きく首を上下に振った。その頬が紅潮している。

「船を仕立てるんは、初めてのことやそうだす。全部で二十艘、それぞれに幟を立てて、湯屋仲間の五百人全員が乗り込む、いう話だした」

江戸で湯屋を営む者は、既に十組となれるほどに多い。しかも、湯屋はひとびとの暮らしに無くてはならないものだ。そうであるにも拘わらず、「株仲間公認」というおかみからのお墨付きはまだ得られない。何かぱっと目立つことをしよう、という話になり、それまで一堂に会したことのない湯屋の店主が勢揃いして、川開き初日に涼船を仕立てることになったのだという。

「佐賀町の料理屋を軒並み押さえて、そこから、まだ陽のあるうちに船を出さはるそうだす」

支配人の言葉を、手代が補った。

佐賀町は永代橋にほど近く、大川の左岸に位置する。そこから大川を遡って両国橋を目指すのだろう。

五百人、佐賀町、陽のあるうち、と幸は小さく繰り返す。膝に置いた手が僅かに震える。

大川の水面が、藍色に染まる。

想うだけで、目も眩みそうだった。

落ち着け、落ち着け、と幸は自身に言い聞かせる。

「先方は、当日、こちらの用意した浴衣を着ることを、承知されたのですか」

「へぇ。佐賀町の旅籠に、川開きの朝、お持ちする約束だす」

湯屋の高座に就く者に着てもらうべく、年明けからずっと、湯屋仲間の月行事相手に粘り強く交渉を続けていた。初めのうちは「ただで浴衣を、江戸中の湯屋へ配るだと？ そんな戯言、誰が信じる」と相手にしてもらえなかったが、徐々に耳を傾けてもらえるようになっていた。そこへ、今回の涼船の話がもたらされたのである。

麻疹禍の時に、江戸紫の小紋染めを切り売りしたことや、未だに帯結びを只で教えていることなど、湯屋に通う女たちがよく噂していたのが功を奏したという。

「当日、浴衣を見て、気に入らなかったら着ない、と言うてはりました。まだ見本もお見せしてませんよって、仕方のないことやとは思うてます」

ほろりと笑って、佐助は言い添える。

ご寮さん、と賢輔は視線を天井に向けて、遠慮がちに尋ねた。

「仕立ての方は、それまでに間に合いますでしょうか」

　二階座敷では、今日も縫い手が集まり、浴衣作りに励んでいる。当初の約束で、縫い手たちが五鈴屋に詰めるのは、皐月十五日まで。

　仕立て上がった順に、奥座敷に移しているが、既にかなり溜まっている。何らかの事情で遅れることがあったとしても、川開きには五百枚、全て揃う。

「ええ、必ず」

　店主の返答に、支配人と手代は揃って、安逸の息を吐いた。

「湯屋仲間の皆さんには、浴衣がお気に召したら、翌日からその形で高座に上がって頂けるよう、お願いしておます」

　絹布とは違い、水に濡れることを厭わない木綿地は、川遊びには打って付けだ。そのあと、湯屋でも着てもらえたなら、必ず、お客の眼に留まる。

　藍染めの深い色。両面に糊を置いて、真っ白に抜いた花火の柄の美しさ。間近に眺めれば、きっと心を奪われるだろう。

「あまり日を置かず、湯屋仲間の月行事のところに、店主としてご挨拶に伺いましょう。佐助どん、賢輔どん、よくぞここまでの手筈を整えてくれました」

　ありがとう、と幸は二人に頭を下げた。

一筆啓上、仕り候

一筆啓上、仕り候

木の香が嬉しいのか、五鈴屋の二階の物干しにちょんと止まって、頬白が胸を張り、良い声で囀り続ける。

皐月朔日、明け六つから小半刻（約三十分）ほど経っただろうか、目覚めの街を、天秤の前後に柏の葉を積んだ振り売りが行く。その後ろを、行李を肩に担いだ男が二人。ひょろりと上背のある男と、ずんぐりとした男だ。

如何にも商家の手代、といった風情の二人は、五鈴屋の表に立つと、しげしげと店を眺め、この上なく嬉しそうに笑った。

以前の店構えとは異なり、彼らの眼には、何とも大きく、堂々としたものに映る。ご飯の炊き上がる甘い匂い、それに味噌汁の良い香りが表まで漂っていた。

「壮太どん、長次どん」

勝手口代わりに使うのだろう、もとの五鈴屋の入口から、優しい顔立ちの奉公人が飛びだして、二人を迎える。

「お待ち申しておりました」

賢輔どん、と二人は声を揃えた。

「また一緒に働かせてもらいますで」

「今度は助っ人と違いますのや。私も壮太も今日から五鈴屋の奉公人だす」

宜しゅう頼みますで、とまた声を合わせる。

「今、丁度、朝餉の仕度が整ったところだす。皆も待ちかねてますのや」

どうぞ中へ、と招き入れる賢輔の声が弾む。

二人が土間へと足を踏み入れるまでもなく、「壮太どん、長次どん」と、その名を呼んで、佐助やお竹たちが奥から駆けて来た。

第十一章　昇竜

青かった梅の実が、少しずつ黄みを帯びる頃になると、そう遠くない梅雨の訪れを知る。ただ、閏年の今年、閏七月までは季節の廻りが遅く、端午の節句を明後日に迎えても、梅はまだ青々としていた。

「今日もええお天気だすなぁ」

台所の明かり取りから空を覗いて、お梅は吐息交じりに零す。

「この分やと、梅雨に入るんが、えらい遅うなるんと違うやろか」

「お梅どん、油売っててんと、早うお膳の仕度をしなはれ」

青菜を絞る手を止め、お竹が、首に筋を立てて怒っていた。

「ご寮さんがお留守やいうて、怠けたらあきませんで」

五鈴屋の店主は一足前に、供も連れずに出かけた。この度のことで近江屋に礼に出向き、そのあと堺町に回る、と聞いている。

青菜の切り漬けと、大豆と昆布の煮物がお膳に載せられ、御櫃や鉄鍋とともに、板の間へと運ばれる。炊き立てのご飯はお梅が、豆腐と油揚げのお汁はお竹が、それぞれ装って各自に渡した。

改築に伴い、広くなった板の間。壁には、柱暦と、修徳から贈られた掛け軸、それに、弥右衛門の筆による「菜根譚」の一節を軸装したものが掛けられている。励ましの言葉に見守られて、一同は箸を取った。近江屋から五鈴屋に移って三日目の、壮太と長次も、旺盛な食欲を示している。

「こないして五鈴屋の朝餉が食べられるのは、何と幸せなことですやろか」

飯粒ひとつ残さずに平らげて、壮太は箸を置く。長次も湯飲みを放して、頷いた。

「ほんまに、ありがたいことです」

「細長い方が壮太どんで、太短い方が長次どんだすなぁ。私、何遍も間違えてしもて。堪忍しとくなはれ」

お膳を引きながら、けんど、とお梅は朗らかに続ける。

「佐助どんや賢輔どんから聞いてた通りの人柄で、ほんまに安心しましたで」

お梅の台詞に、豆七と大吉がこっくりと頷いた。

「頼もしい奉公人が増えたし、これでもう心配いりませんな」

ほんに宜しおましたなぁ、とお茶を啜って、菊栄が温もった息を吐く。

豆七が障子の外に目を遣って、

「あとはお天気だけだすな」

と、呟いた。

豆七の独り言に、一気に板の間が翳った。お梅が上目遣いに豆七を睨んでいる。

その年の梅雨入り、梅雨明けが何時かは、人知の及ぶところではない。ただ、大抵は、芒種のあと、五、六日ほどで梅雨に入ることが多い。今年の芒種は、皐月十三日。仮に二十日までに梅雨に入るとするなら、二十八日は梅雨真っ只中、ということになる。当日も雨に見舞われたなら、花火は取り止めになるだろうし、湯屋仲間による計画も当然流れてしまう。皆が気にかけているのは、まさにそのことであった。

ただ、ここ何年かの川開きは、ずっと上天気だったため、天候への不安が芽生えても、口にはせずに、胸のうちで打ち消してきたのだ。

「『虎が雨』いう言葉もおますよってに」

板の間の雰囲気に気づくことなく、豆七はぼそりと言い添える。

皐月二十八日は、曽我兄弟の仇討ちの日にあたる。見事父親の敵を討った兄弟ではあるが、兄の十郎はその場で切り殺された。十郎と理ない仲であった遊女の虎御前が、その訃報を受けて流す涙が雨となって降った、との逸話が残る。

「はた迷惑な話だすなぁ。もう六百年ほど昔のことだすやろ。そない長いこと、泣かんかてええのに」

風情も何も吹き飛ばすお梅の台詞は、しかし、皆の気持ちを柔らかに解した。

「ほんまか嘘か、曽我兄弟が討ち入った時は大雨やったそうな。けど、『虎が雨』いうんは、しとしと弱い雨のことだすやろ。それくらいなら、堪忍したりまひょ」

宥めるような語調の佐助に、なおも諦めきれないお梅は、唇を捻じ曲げる。

「何ぞ雨除けのええ呪いでもあったら、宜しいのになぁ」

お膳を手に、お竹はさっと立ち上がって、

「まぁ、今から案じたかて仕方おまへん。なるようにしかならんよって」

と、皆の不安に区切りをつけた。

それぞれが持ち場に向かう中で、長次がふと、「そない言うたら」と何か思い出した体で呟く。

誰も気に留めなかったが、お梅だけが、「何だすか、長次どん」と、声をかけた。

大川に面した諏訪町河岸が、早朝から何やら騒がしい。

材木を組み上げて、下級武士と思しき者たちが、鎚を振るっている。小屋らしきものが十一、二ほど出来上がっていく様子を目にして、通りをいく人々は、「ああ、もう水練の季節か」と思う。

端午の節句を控えたこの時季になると、諏訪町河岸には急拵えの水練稽古小屋が現れて、葉月半ばに至るまで、徒歩組が水泳の稽古を行うのだ。

動けば汗ばむとはいえ、川の水はまだ冷たい。二本差しも苦労なこった、と江戸っ子たちは、ぶるっと身を震わせて、足早に立ち去った。

五鈴屋は、今月二十八日の売り出しに向けて何かと気忙しい。幸は供を連れずに、まず近江屋へ礼に行き、その足で菊次郎宅へと向かった。

待つ宵　後朝　辛や辛い
逢ふ夜ながらも我が涙
のんやほ　のんやほ　のんやほ

三味の音に合わせて、二代目吉之丞の謡う「のんやほ節」が、二階から一階の奥座敷まで優しく響いている。妖艶というのではない、いじらしく爽やかな色気の漂う歌声は、吉之丞ならではのものだ。

だが、師匠の菊次郎は愛弟子の歌も耳に入らぬらしく、先刻から手もとの浴衣に見入ったきり、身動ぎひとつしない。

藍色の地に、白抜きの花火の柄。吉次のために、裾を引くよう、長めの丈に仕立てられた浴衣だった。

長い長い沈黙のあと、これが、と菊次郎は小さく唸る。

「これが、あんさんの考える『秘する花』だしたんやなぁ」

秘する花を知る事。秘すれば花なり、秘せずば花なるべからず――二年前、立夏の頃に、同じくこの座敷で、菊次郎から教わった「風姿花伝」の一節だった。

もとは湯帷子に過ぎなかったものを、砕け過ぎず、きちんとして見える寛ぎ着に。両国の川開きの花火をその柄に。

五鈴屋が考えだした浴衣も、工夫を知ってしまえば、誰でも思い付きそうに思われる。後の世に「特に驚くべきものではない」とされるほど広まったとしても、今はまだ誰も思いつきもしない。だからこそ、この二年「秘すれば花」を守ってきたのだ。

「これは、まさに江戸っ子のためのもの。えらいことになりますで」

小紋染めの比ぃやない、と菊次郎は感嘆したあと、二階に届くよう、手を打ち鳴らして「吉次、吉次、ちょっと来てんか」と声を張った。

閉じた襖の奥から、しゅるしゅると帯を解く音がする。届けられたばかりの浴衣に、吉次が着替えているのだ。

待つ間に、菊次郎は幸に冷茶を振舞い、ひとつの打ち明け話をした。

「まだ大分と先の話やさかい、公にはしてへんのやが、実は来年の冬、吉次に『娘道成寺』を演らせてもらうことが本決まりになった」

「まぁ」

思いがけない吉報に、幸は両の手を合わせる。「娘道成寺」は、三都随一の女形として知られる中村富五郎が、六年前に演じたものだ。

道成寺を扱ったものは、もともと菊次郎の兄で、初代吉之丞の出世作でもあったため、二代目の吉次に、という話が持ち上がるのは極めて自然なことだった。

「富五郎の初演から来年で七年、そろそろ頃合いやも知れん」

自身に言い聞かせるように、菊次郎はしんみりと呟いた。

初演に際して、産声を上げたばかりの小紋染めを「お練り」の装束に選び、披露目をした日の富五郎の姿が、鮮やかに蘇る。「智やん、一緒になぁ」と、幸の亡き夫の名を呼んで、袖を撫でる優しい仕草を忘れたことはない。時の流れに、幸はただ感じ入る。

「あの時は、富五郎のお練りが、五鈴屋の小紋染めの披露目になりましたなぁ」

　往時を懐かしんだあと、菊次郎は、ふっと語調を違えた。

「今回は吉次の希望で、ちょっと考えてることがおますのや」

「考えていること、ですか」

　一体、何だろう、と思いつつ、幸は次の言葉を待つ。

「簪に笄、櫛、と舞台での女形は、仰山の飾り物を使う。目の肥えたお客にも満足してもらえるよう、芝居小屋は、腕の立つ職人を何人も抱えてますのや。この度、どないしても、舞台で挿してみたい簪がある、と『あれ』が言いましてなぁ」

　閉じた襖に視線を向けて、菊次郎は口もとを綻ばせた。

　簪、と繰り返して、幸ははっと双眸を見開いた。

　金の鎖に、金銀の小鈴。

　歩く度に沢山の小鈴が揺れて、しゃらしゃらと優しい音を立てる。

　あの簪、そう、菊栄の、あの簪だ。

「菊次郎さま、それはもしや菊栄さまの」

「それ以上は言わんで宜しいで。『言わぬが花』やさかいになぁ」

幸の言葉をやんわりと封じて、老練な女形はくっくっと楽しげに肩を揺らせる。

「あの簪を両挿しにした吉次が舞台に立つ姿を思うただけで、何やぞくぞくする。私ですらこうなんや、お客はえらいことになりますやろ」

菊次郎の台詞に、幸は深く頭を垂れた。

富五郎が小紋染めに花道を用意してくれたように、吉次が菊栄の簪を檜舞台へ上げようとしてくれている。なるほど、昨年の天赦日に、菊栄が話していた「売り出しは再来年の冬」という訳は、これだったのだ。

まだ何も菊栄の役に立てていないことを、不甲斐なく思っているだけに、幸には菊次郎と吉次の気持ちがありがたくてならなかった。

「お師匠さま」

いつの間にか襖が開けられ、吉次が姿を見せていた。

件の浴衣、夜空ごと花火を纏ったかのような立ち姿の、何と美しいことか。藍色から覗く色白の肌。首筋や両の手の、何と清冽で眩しいことか。

否、そればかりではない。ぱっと艶やかに開いたあと、散り消えていく花火の儚さまでをも慈しみたくなるような、そんな心持ちにさせられる。ただ仕立てた浴衣を眺めているだけでは、気づくことはなかった。浴衣は、やはりひとの素肌に纏われてこそなのだ。

幸の感銘を、菊次郎は頬を緩めて眺めたあと、吉次、と弟子を呼んだ。

「その浴衣の売り出しは、この二十八日、川開きの日ぃやそうや。それまでは、ひとに知られんようにするのやで」

師匠の厳命に、よく心得ています、とでも言いたげに、嫋やかに愛弟子は頷く。それを認めて、菊次郎はにやりと笑った。

「吉次、お前はんは、ほんに果報者でおますなぁ。菊栄さんの簪と言い、五鈴屋のその浴衣と言い、まだ世の中に出てへんものを一等初めに、身に着けさせてもらえますのやさかい」

はい、お師匠さま、と吉次は口もとから純白の歯を零して、続けた。

「まだ世に知られていないだけでなく、後の世にまで残っていくに違いないものふたつ。それを最初に試させて頂けることこそ、私の誉れでございます」

弟子の言葉に、菊次郎は「大した千両役者や」と、声を立てて笑っている。

皐月十日、江戸の街は、久々に雨を見た。

雨は翌日も、翌々日も続いて、芒種を前に梅雨に入った模様だった。お梅は、朝な夕なに空を仰いで溜息をつき、店の間の神棚に手を合わせる。

「二十八日は、どうぞ、ええ天気にしとくなはれ。小梅を引き取って一緒に暮らす、いうんはもう諦めましたよって、ひとつぐらい、私の夢を叶えたっておくれやす」

主従は、そんなお梅に苦笑いしつつ、一緒になって当日の晴天を祈った。

「川開きの日までに間に合わせたいんだけど、今からじゃあ無理だろうねぇ」

すっきりとした縞の伊勢木綿の反物を前に、お客が先ほどから悩んでいる。嫁と姑の二人連れだった。

「お姑さん、あと半月あるし、単衣仕立てだから何とかなりますよ。出かけるのは夜なんだし、急拵えでも、きっと堪忍してもらえます」

「でもねぇ、お前、せっかく仕立てても、汗取りを着て、襦袢を着て、あの大変な賑わいの中を歩くのは、億劫だよ。新しい着物が台無しになっちまう」

遣り取りを傍らで聞いていた豆七が、何とも言えない表情をしている。それに気づいて、裁ち板の前に控えていたお竹が、二、三度、咳払いをした。

「五鈴屋さん、何かあるのかい」

幸から反物を受け取ったお客が、そっと尋ねる。度々、五鈴屋を訪れる、小商いの旦那風情の中年の男だった。

「何となく、店の中が落ち着かないようなんだが。特に二階が」

店が広くなった分、同じ客の入りであっても、空いているように見える。それなのに、二階に大勢のひとが集まっている気配がする。お客はそう言って、眼差しを天井に向けた。

確かに、みしみしと床の鳴る音やら、階段を忙しなく上り下りする音やらが、ここまで届いていた。

「落ち着かずに申し訳ございません。染めに出していた反物を検めております」

幸は丁重に頭を下げて、詫びた。

なら良いんだが、とお客は思案顔を幸に向ける。

「私はね、この店がとても気に入っているのだよ。無理をして店を大きくしたのではないか、とちょっと気を揉んでいるのさ。屏風も店も、広げれば広げるほど倒れる、というからね。私の杞憂で終わるよう、精進してくださいよ」

呉服商いを手放した五鈴屋なのだ、そう思われて当然だった。また、その励ましも胸に沁みた。

「お言葉、胸に刻みます」

幸は深くお辞儀をすると、お客を見送るために立ち上がった。

捨て鐘が三つ。続いて「ごーん、ごーん」と腹に響く音で、浅草寺の境内にある「時の鐘」が七回、鳴った。

おかみさんたちが今日の手仕事を終えるまで、あと半刻。様子を見るために、幸は二階へと向かった。

「ああ、女将さん」

指南役の志乃が、目ざとく幸を認めて駆け寄り、にこにこと「あちらを」と部屋を示す。広くなった二階の板敷に、白布に包まれたものが積まれている。中身は、仕立て上がった浴衣であった。

つい先ほども、仕立て終えたものが下に運ばれたはずだった。

「もう、こんなに」

目を丸くする幸に、志乃は、ほっほっ、と軽やかに笑う。

「皆さん、手が慣れたんですよ。同じ形で同じ縫い方の繰り返しですからねぇ」

絹織と違って、木綿はざくざくと縫えるので、仕上がりも早い。如月十五日から始めて、明後日で丸三月、予定通りの枚数を納める見込みは充分に立った。

「女将さん、これは私だけの考えなんですけどねぇ」

縫物に励むおかみさんたちの様子を気にしつつ、もと御物師は声を低める。

「今回でおしまいにするのは、あまりにも勿体ないと思いますよ。皆、良い縫い手に育ちましたから」

大店の呉服商は、店に仕立物師を置いて、長着でも羽織でも、その日のうちに仕立てることを売りにしている。もちろん、手間賃も嵩む。

「呉服を一日で仕立てる、というのは感心しませんがねぇ、程よい値の太物を、手頃な手間賃で仕立てる、というのは中々良いものですよ」

確かに、と幸も深く思う。

例えば、世慣れていない、独り身の男がお客だとしたら。太物の反物を買おうとする時に、仕立ての手筈まで考えねばならないとしたら、どうだろう。買い物そのものを躊躇わないだろうか。

じっと沈思を続ける幸に、老女は軽く会釈して、板敷へと戻った。

板張りに置いた畳に座って、おかみさんたちは黙々と浴衣を縫い続けている。目指す五百枚まで、もう一息だった。

熟れた梅の実が甘く香り、大川の川辺に蛍がちらほらと飛ぶようになった。梅雨の雨は降り止まない。

じりじりと日は過ぎて、いよいよ、明日は川開き、という朝。

「九十八、九十九、百。こちら、百で間違いおまへん」

「こっちも百、きちんとおます」

次の間で、手代四人と小頭役とが、仕上がった浴衣を数え上げる。

「五百枚、丁度だすな」

総数を確かめて、支配人は「間違いおまへん」と幸に告げた。

並寸の丈のものと、少し長くしたもの。既に幾度か検めていたのだが、何せ、これだけの枚数を仕立てて納めるのは、初めてのこと。再度、一枚、一枚、仕立てに手落ちがないかどうかを調べ、最後に総数を確認して、荷づくりに取りかかる。

室内にこもった熱気を逃がすため、少し開けてある障子から、銀糸の雨が覗く。音を立てる力もない、甘く淡い雨であった。

お梅どん、お梅どん、と大吉がお梅を呼ぶ声がする。幾度呼べども、お梅からの返事は聞こえない。

「どないしたんだす、大吉どん」

お竹が次の間から土間を覗いて、丁稚に尋ねた。

へぇ、と眉尻を下げて、大吉が申し訳なさそうに答える。

「お梅どんに紙縒りを頼まれてたさかい、渡そうと思うて」

紙縒り、とお竹は語尾を上げて繰り返す。

五鈴屋では、紙縒りは反物の値付けに用いるものだった。

「紙縒りみたいなもん、お梅どんが一体、何に使うんだすか」

「そない言うたら、お梅どん、朝から見かけてまへんなぁ」

長次が言い、確かに、と壮太が頷いた。

「物干し場で雨でも眺めてるんと違いますか。私、ちょっと見てきますよって」

豆七は言い置いて、次の間を出ていった。

だんだんだん、と階段を踏み鳴らす音がして、お梅を呼ぶ声も届いた。その刹那、

「ぎゃっ」という悲鳴に続いて、

「お梅どん、お梅どん、早まったらあかん」

という豆七の叫び声が聞こえた。

何事か、と皆は次の間を飛びだし、縺れるようにして二階を目指す。物干し場の上り口で、豆七は腰を抜かしていた。

お梅はというと、小雨の中、物干しの手すりから身を乗りだして、今にも落ちそう

になっている。

「あかん」

賢輔と壮太が急いで物干しに上がり、お梅へと腕を伸ばす。二人してお梅を抱え込み、すんでの所で事なきを得た。

「おおきに、おおきに、ああ命拾いした」

室内に移されたお梅は、廊下にぺたりと尻をついて、肩で息をしている。その右の手に、何かが握り締められていた。

「お梅どん、あんたは一体、何をしてなはるのや」

怒り心頭で、お竹はお梅を怒鳴りつけた。

「明日は大事な日ぃやのに、大けがするとこやないか」

そない怒らんでも、と萎(しお)れて、お梅は右の手を開いてみせる。

「これを吊(つ)るそうとしたら、雨で足もとが滑ってしもたんだす」

人の形に折られた、白い紙。紙の着物を纏い、帯代わりか、紙縒りを巻いている。

正体がわからず、皆が顔を見合わせる中で、長次が「ああ」と、低く呻(うめ)いた。

「これは照々法師(てるてるほうし)いう、雨除けの呪い(まじな)だす」

晴天を願う日の前日に、紙を人形に折って吊るすのだという。見事に晴れたら、目鼻を書き入れ、酒を供えて礼をするとのこと。

先達て、お梅の「何ぞ雨除けのええ呪いでもあったら」という独り言を受けて、長次が授けた知恵であった。

「私がお梅どんに教えたばっかりに……」

堪忍しとくれやす、と長次は情けなさそうに頭を下げる。

「お梅どんは相変わらず、ひと騒がせだすなぁ」

そう言って口を尖らせる豆七に、お竹と佐助が、

「お前はんが言うたらあかん」

と、声を揃えて叱責した。


その夜、板の間に行灯を集めて、幸とお竹は一針、一針、丁寧に浴衣を縫い進める。

売り出しの日には揃いの浴衣で、と決めて、お才と娘と孫、菊栄と幸、それにお竹とお梅の分を、刻を見つけて少しずつ仕立ててきたが、最後の仕上げに入っていた。

明日、納める浴衣とは違い、裾を引き摺る長さで、袖口も少し縫い閉じてある。

「身八つ口」とも呼ばれる脇明をどうするか、迷うところではあったが、前に志乃が話していたことを受けて、今回は閉じておいた。

しんとした店の中、時折り、針を止めて耳を澄ますと、ぽたり、ぽたり、と溜まった雨水が雨樋を伝って落ちる音がしていた。

「照々法師やて……お梅どんは、どないな時でも、お梅どんなんだすなぁ」

苦く笑って、お竹は針で髪を撫でた。

果たして、翌日。

明け方まで残った雨だが、徐々に止み間が増え、佐助たちが浴衣を積んだ荷車を表に出す時には、雲間から青空が広がり始めた。濡れた瓦屋根が陽射しを受けて、きらきらと煌めく。

皐月二十八日、両国の川開きとともに、いよいよ、件の浴衣地の売り出しの朝を迎えていた。

「ほれ、見てみなはれ。照々法師の呪いが効きましたがな」

得意満面、お梅は胸を反らす。

五鈴屋の主従は笑いを堪えて、二台に分けて積まれた荷に、暖簾と同じ色の大風呂敷をかける。店の前には「藍染め新柄　浴衣地」の幟が誇らしげに並び、はためいていた。

「ほな、ご寮さん、行って参じます」

賢輔と大吉を伴(ともな)い、佐助は人足らと荷車を押す。

「佐助どん、賢輔どん、大吉どん、お早(はよ)うお帰り」

頼みましたよ、と言い添える幸の横で、お竹が荷車に向けて火打石を打ち鳴らす。線香花火を思わせる鮮やかな火がぱっと散る。川開きに、水の事故のないように。この浴衣を纏い、涼船(すずみぶね)に乗るひとたちの無事を祈る切り火であった。

常とは違う五鈴屋の様子に、何だろう、と足を止めるひとがいる。

荷車を見送る幸、お竹とお梅、それに菊栄は、お揃いの花火柄の浴衣を纏う。藍色に、くっきりと白く染め抜かれた花火の模様。それを認めて、次々に通行人の足が止まっていく。

「花火の柄だね、何て粋(いき)なんだろう」

「何だろうねぇ、単衣のようだけど、どうにも様子が違う」

「幟には『浴衣地』と書いてあるよ、まさか、あれ浴衣なのかねぇ」

これまでに見たことのない柄、着物とも湯帷子(ゆかたびら)とも違う形。気になって気になって、見過ごせないのだろう。あれは何か、と見知らぬ者同士、ひそひそと話しつつ、遠巻きに眺めている。

「さぁ、暖簾を出しますよ」

幸に言われて、壮太と長次が、青みがかった緑色の長暖簾を次々に表に掲げた。

いよいよだ、と主従は互いに頷き合い、暖簾を捲って店に入ろうとした、その時。

「五鈴屋さーん」

「女将さーん、お竹さーん」

幸たちを呼ぶ、大きな声が重なった。振り向けば、蛇骨長屋の路地から、おかみさんが三人、こちらに向かって駆けてくるのが見えた。いずれも、浴衣の仕立てを引き受けてくれた女房たちだった。

「ああ、これこれ、これですよ」

ひとりが、お竹の浴衣に顔を寄せ、歓声を上げる。

「この花火の柄が、寝ても覚めても頭に浮かんで消えないんですよ」

「今日が売り出し、と聞いていたから、何が何でも一番乗りしようと思ってねぇ」

貯めておいた手間賃を握り締めて、駆けつけたのだという。

幸とお竹は相好を崩して、さあ、どうぞ中へ、と三人を招き入れた。

先刻から、一連の遣り取りを眺めていた者たちが、釣られるように次々と店内に吸い込まれていく。

陽は西の天高くにあり、その右下にじっと目を凝らすと、切り爪の形の月が薄く透ける。小さな綿雲が幾つか浮かぶものの、明け方まで続いた「虎が雨」は幻ではないか、と思うほどに、すっきりと晴れた美しい空だ。

今年は今日が夏至、一年中で昼が最も長い。

「急げ、お才」

まださほど人出のない大川端を、力造は大股で歩いていく。そのあとを女房のお才、少し遅れて梅松と誠二が続いた。

「お前さん、待っとくれよ、いつもの場所じゃあ駄目なのかい」

お才は胸もとと裾とを気にしつつ、亭主の背中に問う。

今朝、五鈴屋から届けられた浴衣。裾を引き摺るので、抱え帯でたくし上げているのだが、どうにも落ち着かない。流石に湯文字は巻いているものの、襦袢なども身に着けていない。素肌に浴衣一枚で外を歩く、というのは、お才にとって、これまで経験のないことであった。

斬新な花火の柄の浴衣は、行き交う人々の足を止めさせるのだが、本人も亭主も、気づく余裕がない。

「良いから、黙ってついてきやがれ」

型付師は振り向きもせずに、女房を怒鳴る。

力造は、気が急いて仕方がなかった。

この手で型付した反物が、あの心躍る藍染めの浴衣が、披露目の時を迎えるのだ。

否、おのれ一人ではない。

賢輔が苦しみ抜いて図案を描き、紙問屋が型地紙を手に入れ、梅松と誠二が型を彫り、五鈴屋が辛抱の歳月を重ねて、漸く売り出しの日を迎えた。売り出し初日で店を抜けられない五鈴屋の主従の分までも、その披露目の瞬間を見届けねばなるまい、と心に誓っていたのだ。

佐賀町の岸から出た船は、新大橋を越えて、両国橋を目指すだろう。右岸寄りに留める、と聞いているので、橋の西詰か、元柳橋で待ち受ければ、その姿を目に焼き付けられるに違いない。

川開きの今日、花火の上がる前に、少しでも良い場所を、と思うのは誰も同じ。大川沿いを下るにつれて、ひとも船も増えてきた。力造は一層、足を速める。

「お前さん」

それまでとは異なる鋭い語調で、女房が力造を呼んだ。剣呑なものを覚えて、力造はお才を振り返る。

あれを、と女房の指し示す方を見れば、水押にも側板にも細工を施した豪奢な屋台船が一艘、両国橋の袂に着けられようとしていた。

屋根の上に掲げられた提灯は五つ、真ん中の大提灯に「音羽屋」、左右二つずつには「日本橋音羽屋」の文字が墨書されている。遠目にではあるが、華やかに着飾った乗客が見えた。歌舞伎役者らしき一群に囲まれて、中ほどに座っている結と思しき人物も認められる。

「ちょいと、あれをご覧な」

「市村座の役者たちじゃないのかい、まぁ豪勢だこと」

河岸では音羽屋の屋台船に気づいて、華やいだ声が上がった。

「口惜しいったらないよ、五鈴屋の晴れの日に」

憤懣やるかたない、といった体で、お才が両の手を拳に握っている。

清らかな流れに泥土や芥が投げ込まれたような腹立たしさは、力造とて同じ。だが、型付師には、皆の注目がじき、ほかに移るという確信があった。

「気にすることたぁねぇよ、ありゃあ、着てるものも中身も、どうにも暑苦しい」

さぁ、行くぜ、と力造はお才を急き立てて、川下の元柳橋を目指した。

　陽が落ちるまで、まだ一刻ほどある。しかし、両国橋の上は、既にみっしりと人で埋まり、大川両岸には、急拵えの小屋掛けが建ち並んだ。

花火まで長く待つが、趣向を凝らした涼船を眺める楽しみがある。

　今年は「音羽屋」の提灯を掲げた船の仕立てが見事だ。店の上客と歌舞伎役者とを乗せて、三味線や謡を聞かせている。その美しい音が陸まで流れて、ひとびとをうっとりとさせていた。

「おい、見なよ」

　誰かが、大川の向こう岸を指し示した。

「えらく派手なのが、おいでなすった」

どれ、と釣られて東側へ目を向ければ、揃いの屋形船が二十艘ほど連なって、こちらへ向かってくる。

　提灯の「湯屋」の文字が読み取れる。遠目に、屋根を挟んで船の上下が青く染まって見えた。よほど船頭の腕が良いのだろう、屋台船同士、ぶつかることも離れることもない。東岸から川をくねくねと蛇行しながら川を遡るその姿は、さながら青い竜が身をくねらせて昇ってくるようであった。

近くを行く舟から、次々と歓声が上がる。皆、川に落ちそうなほど身を乗りだして、湯屋船に見入っていた。

河岸では、一体、何が起きているのかがわからない。

「ああ、あれは……」

竜が西岸に近づくにつれて、陸からも、船上の様子が露わになる。

屋根の上、長い長い竹棹を操って、船を操る船頭たち。屋根の下、居並ぶ乗客の面々。二十艘、合わせて五百人ほどが、ともに揃いの藍染めを纏うさまは、何とも壮観であった。

「お前さん」

元柳橋に立ち、その様子を見ていたお才は、傍らの亭主の腕に取り縋った。

「いや、まだだ、まだなんだ」

力造は瞳を凝らし、藍染めの浴衣を注視している。力造の隣りで、梅松は吸い込んだ息を吐くのも忘れ、誠二は誠二で、懸命に涙を堪えている。

右岸ぎりぎりまで船が寄ったところで、誰かが叫んだ。

「おい、あの藍染めには柄があるぞ」

「何の柄だか、まだ見えねぇよ」

辺りが騒然となったところで、それに応えるように湯屋船の船頭の一人が、まくり上げていた裾を下ろした。

藍色の地に、白抜きの紋様。

あっ、と元柳橋の上で、幾人かが声を上げて、お才の方を指し示す。

「ほら、あれと揃いじゃないか」

「そうさ、あれだ」

描かれているものの正体に気づいた者が、大きく声を張る。

「花火だぜ、藍に白抜きの花火に違ぇねぇ」

花火だ、花火だ、というひとびとの興奮がさざ波のように広がっていく。ほかの船から聞こえていた三味の音も掻き消され、花火だ、花火だ、との歓声が渦を巻く。

見物客の熱狂に促されたのか、どん、と爆音を轟かせて、試しの花火が打ち上げられた。夕映えの気配の漂う空を、白煙を伴って、小さな火の花が舞い散っていく。

第十二章　あい色の花ひらく

両国の川開きの翌日、江戸の街は、湯屋船の花火柄の浴衣の話題で、もちきりとなっていた。

地は藍色、柄は白抜きの花火。広袖なのを見れば、浴衣のようだが、これまでの湯帷子とはまるで違う。あの心躍る浴衣を手に入れたい、と渇望する者は多いが、いかんせん、浅草田原町の五鈴屋のものだ、と見当をつける者は少なかった。

あれほどの数の浴衣を用意できるのは、きっと日本橋に違いない、と周辺の呉服太物の大店に客が押し寄せるも、どの店にも見当たらない。

「何処に行けば手に入るのか」

「さぁなぁ。引き札くらい撒きゃあ良いのに」

商売っ気のないことだ、と誰もが悔しがる。

だが、それも一両日だけのことであった。

蒸し暑い日、男たちは仕事上がりに、女たちは夕餉の片づけを済ませて、それぞれに湯屋へ向かう。

入ってすぐの高座に、店番が座っている。常は、古手のくたびれた単衣を着ているはずが、藍染めに白抜きの柄の入った、何とも粋なものを纏っている。

「好きなだけ見てくんな。物は木綿で、肌馴染みが良い。こういう仕事だから、汗を吸ってくれるのが一番よ」

店番はそう言って、浴衣を触らせたり、柄をよく見せたりする。

広袖でつい丈、水気をよく吸うところは湯帷子のようだが、そのままちょっと用足しに行っても恥ずかしくない、と店番は説く。

「何処で売ってるかって？　浅草田原町にある『五鈴屋』てぇ店さね」

おそらくは江戸中の湯屋で、同じ情景が繰り広げられた。いずれも店主から浴衣を渡され、口上もきっちりと教え込まれている。主人の汗をたっぷり吸っているのが難点だが、我がものとなるなら話は別だった。

こうして、引き札を撒くより読売に頼るより、遥かに確実に、新しい浴衣と「五鈴屋」の名は広まっていった。

江戸の商家は明け六つに店の戸を開けるが、暖簾を出すのは、店の中が整い、お客を迎えられるようになってからだ。五鈴屋も、つい先日までそうであった。

「五鈴屋さん、もう良いかねぇ。待ちきれなくてねぇ」

明け六つ、既に店の表に行列が出来ていて、先頭のものが表の引戸を叩く。暖簾が掲げられると、買い物客は瞬く間に店に溢れて、行列は広小路の方へと伸びた。暮れ六つまで、客足は途切れない。

店の間の一角を仕切って、小間物を商っている様子だが、太物商いの手が足りず、大坂訛りの女が五鈴屋を手伝っている。慣れているのか、客あしらいもそつがない。押し寄せる客の中には、それまで反物など買ったことのない、若い男も混じる。

「そう高くない手間賃で、仕立ててくれる、と聞いたんだが」

「へぇ、店の二階で仕立てさせて頂いております。五日ほどお待ち頂けますか」

手代が愛想よく応じ、丁稚がお客を二階へと案内する。

「花火だけだと思ったら、これも良いねぇ」

鈴と鈴緒、団扇、柳に燕、どの柄も好評で、小紋染めの三分の一以下、という値ゆえに、一度に四種全てを買い求める者も少なくはない。四つの蔵のうち、二つの蔵が瞬く間に空になる勢いだった。

あまりの繁盛(はんじょう)ぶりに、近隣の商家は肝(きも)を潰(つぶ)す一方で、五鈴屋が半年かけて改築をして、店を広げたのは、なるほど、こういう訳だったのか、と感心しきりであった。

「戸締り、終わりました」

入口の戸が確かに閉まっていることを確かめて、大吉が声を張る。

暮れ六つを過ぎて、漸(ようや)く暖簾を下ろし、商いを終えた。座敷で後片付けに励んでいた者たちは、ほっと安らいだ息を吐いた。

「今日も無事に済みましたなぁ」

帳簿を手に取り、ありがたいことだす、と佐助がしみじみと呟(つぶや)いた。

ただし、店を閉めたあとにも、やらねばならないことが山積している。帳簿や計算は店主と支配人、品の整理は壮太と長次と豆七とお竹、掃除は大吉。お梅は奥向き一切を引き受け、賢輔は新たな図案を考える。川開きから半月、休みなしで働き通し、身体(からだ)はくたくたなのだが、皆、何とも言えず満ち足りていた。

広い座敷にはまだお客の熱気が残り、座っていても汗が額から流れ落ちる。

「今夜も湯屋へは行けそうもないわね」

手拭(てぬぐ)いで汗を押さえる幸に、反物を検(あらた)めていたお竹が、声をかける。

「暑い時期だすよって、私らは行水で充分だすが、ご寮さんと菊栄さまは、どうぞ湯屋へお出かけください」

正直、今から花川戸まで出かけるのは、幸とて億劫だった。だが、菊栄はどうか、と座敷の一角を見やった。

間仕切りの間から、行灯の明かりが洩れて、菊栄の背中が覗いている。背を丸めて、何かに没頭している様子だ。少し気になって、幸は算盤を置いて立ち上がった。

仕切りの奥は、菊栄が小間物を商う場になっている。今のところ、品数は多くはなく、主に夏向きの団扇を並べているが、殆ど動いていない。

「菊栄さま」

幸に呼ばれて、「ああ、幸」と菊栄は我に返った体で幸を見る。手には、柄と竹骨だけになった団扇が握られていた。傍らに、水を張った桶が置かれ、紙が浮いている。

「ちょっと悪戯してたんだす。見つかってしもた」

菊栄は照れたように笑みを零し、身体をずらして、幸が座れるようにした。

団扇に張られた紙を丁寧に剝がして、裸にして、何をしようとしているのだろう。

幸の問いかける眼差しを受けて、店の棚を示した。金魚やら水紋やら、涼しげな絵が描かれた団扇が並ぶ。

「ここに並べてるんもそうやけれど、団扇て、大抵、紙だすやろ。ごく稀に、絹張りの団扇もおますが、まぁ、大抵、紙だす」

けどなぁ、と菊栄は首を捩じって、間仕切りに目を遣った。間から、反物を巻き直すお竹の姿が見える。

「別に紙でのうても、ええんと違いますやろか」

「紙でなくても？」

幸に聞き直されて、菊栄は、ふん、と甘やかに頷いた。

「紙の代わりに、木綿の布でも、そう、例えば、五鈴屋の花火柄の藍染めでも、良いんと違いますやろか」

あっ、と低い声が幸の口から洩れる。

浴衣と揃いの団扇。あの浴衣を着て、揃いの団扇を手に持つ。思い描いただけで、わくわくする。ただ、と幸は右手を拳に握って、唇に当てた。

「絹張りなら軽いですが、木綿だとその分、重くなってしまいます」

「そう、確かに重うなります。けどなぁ。絹と違うて、木綿は水に強いさかいにな」

何かまだ知恵を隠しているのか、菊栄はにこにこと笑うばかりだ。

大暑を前に、鍋で炒りつけられるに似た酷暑が、江戸の街を襲った。

流石に日中にその姿で外は歩かずとも、夕方、五鈴屋の浴衣を素肌に着て、誇らしげに湯屋へ行く者の姿が、ちらほらと見受けられるようになった。それがまた評判を呼び、田原町へと足を運ぶ者が後を絶たない。

店では、少しでも店内に涼を呼ぼうとしてか、土間に水を張った桶が置かれて、笹の葉が浮かべてある。

「お暑い中を、ありがとうさんでございます。今暫く、お待ち頂きます」

土間を挟んだ、五鈴屋のもとの表座敷に、順番を待つお客を通すと、丁稚は一枚の団扇を手に取った。張られているのは紙ではなく、花火の柄の浴衣地だった。まさにその浴衣地目当てで五鈴屋を訪れたお客は、大喜びだ。

早速、借りようと手を伸ばすのだが、丁稚は何を思ってか、桶の傍にしゃがみ込んだ。そして、あろうことか、団扇をさっと水に潜らせたのだ。

「ああっ、何てことを」

お客が悲鳴を上げたところで、丁稚は二、三度、団扇で空を切る。

「どうぞ、使うておくれやす」

余分な滴を切ってから差し出された団扇を、お客は怪訝そうに受け取った。水を吸って重くなった団扇を、ぱたぱたと動かしてみて、はっと目を見張る。ひんやりと冷たい風が送られてきたのだ。

暑い中を歩いてきた者にとって、これほど嬉しいことはない。

「こんな団扇、今までお目にかかったことがない」

「奥の小間物屋で、同じ品を商っておりますよって」

宜しければ、と丁稚は抜け目なく伝えて、お辞儀をした。

「へぇ、団扇はこちらでおます」

右頬に笑窪のある女が両の手に団扇を持って、扇ぎながらお客を招いている。

役者絵の紙の団扇が三十二文、浴衣地の団扇も同じ値だった。銀三十匁の浴衣地に手が届かない者でも、これには手が伸びる。結果、売れに売れて、団扇作りを請け負ってくれる職人を増やさねばならぬほどになった。

「五鈴屋の藍染めは良い、男振りが上がるぜ」

「男だけじゃないよ、女振りも上がりっ放しさ」

湯屋の行き帰りに纏う者が増えるにつれ、そんな遣り取りが交わされるようになる。

こうして、五鈴屋は毎日、活況を呈したのだが、主従、それに菊栄は、自分たちが手掛けたものが、どのように使われているか、まだ確かめられずにいた。何せ忙し過ぎて、湯屋へ行くのはおろか、外歩きの暇さえ作ることは難しい。辛うじて合間を縫い、湯屋仲間に礼に出向いたものの、それ以外の外出は儘ならなかった。

「遅くに堪忍してくださいよ」

重そうな風呂敷包みを抱えて、お才が現れたのは、五鈴屋がやっと暖簾を終った時だった。

川開きから一か月、大暑を迎えて、一層多忙となった。主従とも朝から夜まで働き詰めだった。夕餉の仕度も負担だろうから、と重箱にぎっしりの握り飯と、煮豆や漬物などを運んできたお才である。

これから湯屋へ行くとのことで、花火の柄の浴衣を身に着けていた。長めの丈を抱え帯でたくし上げ、薄縹の帯を引き結びにした姿は、とても粋に映る。

「お才さん、お似合いですよ」

幸に褒められて、お才は頬を赤らめた。

「広袖につい丈も良いんだけど、私は女将さんに仕立ててもらった、この形が好きでねぇ」

浴衣は肌にじかに纏うため、何かの拍子で肌が露わになるのは恥ずかしい。袖を縫い閉じない広袖は腕を上げるのを躊躇うし、つい丈では裾が乱れそうで、どうにも落ち着かない。

「これだと、だらしなく見えないので、大助かりなんですよ」

湯屋の行き帰りに重宝してます、とお才は笑みを零した。

「何せ、花川戸の湯屋でも、鈴やら団扇やらで、五鈴屋一色になってますからね」

江戸の湯屋は、五つには暖簾を終う。浴衣の売り出しから今日まで多忙を極め、主従ともに終い湯にも間に合わず、ずっと行水で済ませざるを得なかった。

久々にさっぱり汗を流したい、というのもあるが、何よりも、湯屋で今、何が起きているのかを、この目で確かめておきたかった。

売り出しからひと月、頃合いだと、幸は思った。

「お才さん、私たちも湯屋へご一緒しても宜しいでしょうか」

暇を告げるお才を留めて、幸は頼み込む。

店主の意を汲んだのだろう、お竹が重箱の蓋を外して、

「お結びをひとつずつ取って回しなはれ。あとは帰ってからゆっくり頂きまひょ」

と、命じた。

「賢輔どんも、早う食べて、仕度しなはれ」

絵筆を放そうとしない賢輔を、佐助が急かした。

大吉が留守を預かり、残る者は花川戸を目指す。六つ半（午後七時）過ぎ、月の姿はまだないが、北天の柄杓の形の星々が、大暑の夜に水を撒く。

湯屋が近づくにつれて、こちらへ向かう提灯の火が目立った。すれ違いざま、明かりが持ち手を仄かに照らす。

誰かの喉が、ごくりと鳴った。

藍色に白い花火の柄。その柄が、五鈴屋の主従には浮き上がって見えた。皆、息を殺し、押し黙って歩き続ける。星影のもと、湯屋はもうじきだった。

湯屋は店ごとに間取りが少しずつ異なるが、花川戸のそこは、入口は男女別、入ってすぐに広い土間と高座、そこから先は羽目板で男湯と女湯が仕切られている。

「ああ」

高座の男は、幸たちを一瞥して、にっと歯を覗かせた。男もまた、藍染めの花火の柄の浴衣を纏っている。

「今、女湯じゃあ、ちょいと面白いことになってるぜ」

ま、さっぱりしてってくんな、と男はお代を受け取った。

佐助たちは土間を左へ、幸たちは右へ。板張りの脱衣場では、女客が溢れて、芋の子を洗うようだった。

幸とお竹、それに菊栄とお梅は、そちらに目を向けた途端、棒立ちになる。

藍色の花が、湯気を纏って一面に咲いている。否、正しくは、これから入るものは帯を解き、湯上りの者は汗を拭うのだが、着ているもの、手にしたもの、全てが藍色だった。

花火あり、団扇あり、鈴と鈴緒、柳に燕もある。どれも五鈴屋の浴衣地であった。揃いの団扇で、風を入れている者も多い。

「これを着たら、もうほかじゃあ駄目だねぇ」

「着たまま湯屋に来られて、着たまま帰れる。ほんと、暑い日は極楽さね」

五鈴屋の主従が傍に居るとは気づかずに、女たちは声高に話している。

空くのを待って、幸たちも脱衣場へ移り、帯を解き始めた。すんすん、と洟を啜り上げる音に気づいて、お梅を見れば、俯いて泣いている。

「梅松さん、報われましたなぁ、ほんまに」

報われました、と繰り返すお梅の藍染めに、大粒の涙がしみを作った。

五鈴屋の浴衣地が売り出されたことで、江戸の夏の風景が変わった。

もとより、華やかな色味のものよりも、地味好みの江戸っ子だが、男女を問わず、藍色と白の取り合わせの妙の虜になった。女は専ら湯屋の行き帰りに纏い、男の方は浴衣姿で夕涼みを楽しむ者が多い。

当初、太物を扱わない呉服商や、日本橋辺りの大店の呉服太物商は、「どのみち、一刻のこと」と、藍染め浴衣の人気を甘く見ていた。だが、文月に入っても、五鈴屋の浴衣地の人気は止まる所を知らない。

「おいでやす」

大吉がお客を招き入れ、小さい方の座敷へと案内する。座敷には、生地を切って貼り付けた見本帖が何冊も用意されており、お客はそれを眺めながら、順番を待つ。やがて、広い座敷に通されたお客は、反物を前に、店の者とあれこれと相談しつつ、買う品を決める。そのあと、品物と現銀の遣り取りをする。

店側は、支配人と手代四人、小頭役に店主の七人なので、相談に乗る者と、品物を渡して現銀を受け取る者とを分ければ、ある程度、手間が省けるのだが、五鈴屋はそれをしなかった。呉服を商っていた頃と同じく、受け持った者が最後までお客に対応することで、相手の満足を何よりも優先させた。ありがたいことに、今のところ、目立った混乱も見られない。

ただ、二階での仕立ての方は手が足りず、断ることが続いた。新たに針妙を募る道もあったが、今は無理をしないこととした。

四万六千日、浅草寺の仲見世通りの茶筅売りが、揃って団扇の柄の浴衣を纏ったのも、評判となった。帯に挟んだ、揃いの生地の団扇とともに大いに人目を引く。

「何とまぁ、涼しげなこと。惚れ惚れするほど粋だねぇ」

「売ってる店は田原町だそうだ。ちょいと覗いてみるか」

「今日は無理だぜ、とてもじゃねぇが、田原町まで辿り着けねぇよ」

江戸中から詰めかけた人々が、藍染めの浴衣に感嘆し、五鈴屋の評判を地元へと持ち帰った。

ものは手頃な木綿である。引き札を撒く、芝居小屋で役者を使って広める等々、金銀に飽かした派手な披露目を一切しなかったことも、庶民の心を引き寄せた。否、倹しい暮らし向きの者ばかりではない。酷暑の時、素肌に纏う浴衣の心地良さは、貧富も男女も身分も問わなかった。

飛ぶような売れ行きを目の当たりにして、何とかして似たものを、と思う同業は多いけれど、型紙が手に入らず、ぼやけない型付の技も謎。結局、どの店も手を出せないままだった。

幸運なことに、今年は閏七月があり、文月が二度、繰り返された。単衣で過ごす日が増えたため、五鈴屋の浴衣地はさらに求められて、ついには、江戸で「五鈴屋の藍染め浴衣」を知らぬ者を、まず見かけなくなった。

「お才さん、力造さん」

土間から奥の座敷に向かって、幾度呼びかけても、返事がない。

「おかしいわね、誰も居ないのかしら」

八朔の今日、賢輔を伴い、力造のもとを訪れることは、前々からの約束であった。賢輔が描いた図案をもとに、梅松と誠二が型彫をして、それを見せてもらうことになっていた。

主夫婦の代わりに、にゃあ、にゃあ、と猫が姿を現した。

二年前の川開きの日に、梅松に拾われた小梅だった。掌に乗るほどの小さな毛の塊だったはずが、艶やかな毛並みの、丸々とした猫に育っていた。

小梅、と賢輔が名を呼ぶと、雉猫は身体をぐりぐりと押し付けて甘え、尻尾を立てて「こっちだ」と言いたげに、段梯子の下へ移った。

……だぜ、梅さん。

……ですよ、梅さん。

微かに、力造とお才の声が聞こえる。どうやら物干し場に居るらしい。

「私がお声かけてきますよって」

小梅をそっと追い遣って、賢輔は急な段梯子を上っていく。幸も気になって、あとに続いた。

極楽の余り風か、西から吹く風が、干場一杯に広げられた藍染め木綿を優しく撫でている。布の波の合間に、力造とお才、それに梅松の姿が見え隠れしていた。

「梅さんよ、そいつぁ、ちょいと情無しなんじゃねぇのか」

「私たちはお前さんのことを、見損なっていたのかねぇ」

夫婦が梅松にぶつけているのだろうが、声にも言葉にも棘があった。

幸と賢輔は互いを見合った。立ち聞きするわけにもいかず、

「力造さん、お才さん」

と、幸は声をかける。

「何度もお呼びしたのですが」

途端、狼狽えた体で、三人は反物の間から現れた。力造がまず詫びを口にする。

「七代目、堪忍しておくんなさい。型紙は出来ちゃあいるんですが、誠さんは明け方まで型彫して、精も根も尽きて、まだ休んでるんですよ」

誠二を起こさないように、物干し場に上がって三人で話していたのだという。

今回、型に起こしてもらった図案は、季節を問わずに身に着けてもらえるよう、賢輔が悩みに悩んで描き上げたものだった。明け方まで彫っていた、というのは、律儀な誠二らしい。

「誠二さんにはゆっくり休んで頂いた方が良いですし、私どもも夕方にまた出直すことにしましょう」

幸の提案を聞いて、梅松と力造は「相済みません」と揃って頭を下げた。

引き返そうとする幸を、「女将さん」とお才が引き留める。

「女将さんにも聞いて頂けませんかねぇ。今、うちのひとと私とで、梅さんをとっちめてたとこなんですよ」

「おい、お才、止さねぇか」

力造が慌てて、女房の腕をぐっと引いた。

「七代目には関わりないことだ」

「そんなはずありゃしませんよ。お梅さんのことなんですから」

お梅どんの、と、意図せず幸と賢輔の呟きが重なった。

梅松は、身を縮め、悲愴な顔つきのまま立ち竦む。その後ろで、水元を終えた藍染めの反物が、柔らかに風に揺れている。

「今、ここでお伺いしても宜しいのでしょうか」

物干し場は、染物師にとって大切な仕事場に違いなかった。染めに関わらないことをこの場で話すのが相応しいのか否か、判断しかねて、幸は夫婦を交互に眺める。

幸に問われて、力造は弱った体で眉尻を下げた。

「大事なことですよ。うちのひとの染め物と同じくらい、大事なことです」

亭主の腕を振り払い、お才は幸の方へと身を寄せる。

「私はねぇ、お梅さんの涙が忘れられないんです。湯屋が藍染めで一杯なのを見て、『梅松さんが報われた』と、涙を零していたお梅さんのことが、忘れられないんですよ。あんな健気な女を、梅松さんが何時まで放っておくんだ、って話です」

眦を決して、お才が憤っている。その怒りを宥めるように、小梅がお才の足もとにじゃれついた。

小梅を抱き上げ、梅松に向かって、お才は言い募る。

「お梅さんが江戸に残った理由が、よもや本当に、この小梅のためだとは思ってやいませんよね。あれから二年、もう小梅を理由に江戸に居る必要もないんだよ。生まれ故郷の大坂に帰ったって良いのに、お梅さんは江戸に居る。何故なのか、梅さん、お前さんは本当にわからないのかい」

梅松はますます項垂れて、顔を上げることも出来ない。

「こいつぁ物言いはきついが、本気で梅さんとお梅さんのことを案じているのさ」

力造が、女房と梅松の間に割って入った。

「ふたりとも良い大人で、俺たちが口を出すのは野暮ってのも承知の上だ。お前さんが五鈴屋さんへの恩返しを一番に考えてるのも知ってる。だがな、もうここまで売れたんだ。江戸中探したって、五鈴屋の藍染めの浴衣を知らねぇもんは居ねぇよ。だから、そろそろ、手前とお梅さんの幸せを考えたって、罰は当たらねぇのさ」

力造の言葉に、賢輔が深く頷いている。

郷里を捨てざるを得なかった梅松と、その梅松の傍に居ることを選んだお梅。心は互いに寄り添い合っているはずが、一体、何が梅松を躊躇わせているのか。

皆の遣り取りを聞きながら考えるも、幸にはわからなかった。

「今少し、せめて冬まで、待ってもらわれへんやろか」

漸く、苦悶に歪む顔を上げて、梅松が声を絞りだした。

「あれは、鈴と鈴緒の試みの藍染めが上がって、五鈴屋へ運んだ時のことやった。七代目はあの時、『木綿の橋を架けたい』て、言わはった。男女の違いを越え、身分を越え、木綿の橋を架けることが出来たら、て。あの言葉を、私は忘れることが出来ませんのや」

七代目の夢は、梅松の夢でもあった。

もしも、五鈴屋の浴衣地で木綿の橋を架けることが出来たなら、白子で型紙を彫る者たちや、摂津国で綿作りに関わる者たちが、どれほど救われるか知れない。一朝一夕には叶わずとも、いずれ必ず橋を架けたい。

「最初の柄が花火やったけれど、五鈴屋の藍染めの浴衣地は、夏を限りの打ち上げ花火で終わったらあかん。秋にも冬にも纏うてもろて初めて『橋を架ける手掛かりを得た』と言えるんと違いますか。それを見届けるまでは、身動きが出来ませんのや。何ぼ言われたかて、私はこないな生き方しか出来ん」

梅松は苦渋の面持ちで、胸のうちを明かす。

型彫師の言葉は、型付師夫婦と、図案を描く者、そして売り手の心を、強く、強く揺さ振った。短命な流行りではなく、ずっとひとびとの暮らしに根付き、後々に伝えられるものを――それは幸たちの願いでもあった。

梅松さん、と幸はその名を呼び、黙って頭を垂れる。賢輔も主を真似た。

閏七月を挟んだ分、季節の廻りが早くなり、葉月の半ばには、早くも上野山の桜葉が色づき始めた。

まず、菊栄の団扇の売れ行きが、ぱたりと止んだ。

「あないに売れてましたのに、何でもう、見向きもされまへんのやろか」

気の毒なほど萎れるお梅を、菊栄が慰める。

「あの団扇は、五鈴屋の浴衣地商いに弾みをつけるためのもの。もう充分に目的は果たしましたやろ。お梅どんには、これからもまた手伝うてもらうつもりだすし、今のうちに、ゆっくりしたら宜しい」

来年の冬には忙しいになりますよってになぁ、と含みのある笑みを浮かべた。

そない先の話をされても、とお梅が拗ねている。

その遣り取りに、幸は昨秋の天赦日を思い返す。

あの日、菊栄が口にした「再来年」。来年の冬は二代目吉之丞が「娘道成寺」を演じる。成功の道は確かなようで、その間に、どんな番狂わせがあるやも知れない。けれど、何があっても、菊栄はあの簪商いを諦めないだろう。そうした強い意志にこそ、神仏の加護が与えられるのではないか。

五鈴屋の浴衣地も、同じではなかろうか。

夏を限りの打ち上げ花火ではない、ひとびとの暮らしに根付かせる、という強い意志を持ち続けよう、そのためにこそ、もっと知恵を絞ろう、と幸は思った。

「お陰様で、本当に良い思いをさせてもらいました」

「来年の夏なんて言わないで、何時でもお声をかけてくださいよ」

葉月晦日、指南役の志乃と、針妙を引き受けてくれていたおかみさんたちとが、名残惜しそうに五鈴屋を引き上げた。早くも薄らと霜が降りて、浴衣の仕立てを急ぐ必要もなくなったためであった。

だが、五鈴屋の浴衣地が時季を外した、というわけではなかった。

花火や団扇、柳に燕、といった夏向きの柄の売れ行きは確かに止んではいたが、鈴と鈴緒だけは変わらずに売れ続けている。それに、河内木綿と泉州木綿、津門村の木綿、それぞれの生地のうち、少しずつ泉州木綿を好む者が増えてきていた。

何故だろうか、と暖簾を終ったあとの座敷で、皆は話し合った。

「湯屋の脱衣場では、相変わらず、藍染めの浴衣を着てはるひとが多おます」

「浴衣を肌着代わりに着て、その上から重ね着をして、湯屋から出ていかはります」

長次と壮太の意見に、一同は頷く。

その情景は、男湯でも女湯でも、よく目にしていた。

「大抵のひとにとって、呉服は謂(い)わば『はれ』、太物は『け』だすやろ。普段に着てもらえるもんは、強おますなぁ」

佐助の意見に、お竹も相槌(あいづち)を打った。

「寝間着にも肌着にもなるんが、浴衣の底力だすよって」

夏には汗を吸ってくれる木綿だが、冬はその温かさに驚く。水洗いにも難なく耐えてくれるので、垢(あか)じみない。絹織とはまた別の魅力に富んでいた。

茂作(もさく)からも、東北では絹よりも木綿が求められる、と聞いたが、それも道理だった。

湯屋の行き帰りや、夕涼みに着る浴衣。

寒さを凌(しの)ぐべく、肌着の一枚として着る浴衣。

「暑さ寒さで用い方を変える——まだまだ提案できることがありますね」

袖の形も、脇明(わきあけ)も、丈の長さも、思うまま自在に仕立てられるのも浴衣の強みだ。

店主の言葉を受けて、賢輔が控えめに口を開く。

「明日から売り出す新しい柄は、季節を問わんものだす。年中、着て頂けます。それに、肌着代わりにしたなら、温いだけやのうて、気も晴れやかになって頂けるかと思います」

何としても売り伸ばして、梅松の思いに応えたい――そんな気持ちの滲む、賢輔の言葉だった。

「ほう、これが今度の新柄か」

中村座の二代目吉之丞の楽屋で、菊次郎が浴衣を広げた。

打ち出の小槌に分銅、宝珠など縁起の良いものの中に、大小の鈴が混じる。「柄はそちらに任せるから」と頼まれていた浴衣であった。

師匠の傍らから、二代目吉之丞こと吉次がそっと覗いて、「何と好ましい」と洩らした。

「五鈴屋らしい、宝尽くしやなぁ」

気に入りましたで、と菊次郎は風呂敷ごと吉次へと渡した。

「この夏は、日本橋界隈の呉服屋が『絽も紗もさっぱり売れん』て嘆いてましたで。売れんどころか、客が入らんのや。日本橋音羽屋なんぞ、客より奉公人の方が多いほどやった。五鈴屋はさぞ、恨まれてることやろう」

からからと声を立てて、菊次郎は笑う。

久々に日本橋音羽屋の名を聞いたからか、お竹の首に筋が浮いていた。

「恨まれるのは、筋違いです」

柔らかな笑みを零して、幸は続ける。

「これからは絹織が恋しくなる季節、商いも盛り返されるのではないでしょうか」

ほう、と菊次郎は軽く目を見張った。

「えらい余裕がおますのやなぁ。夏が終わって、太物から呉服にひとの心が移ったら、五鈴屋は困るんと違いますのんか」

幸は返事の代わりに、微笑みで応える。

浴衣を愛でていた吉次が、ふと、幸に問う。

「新柄はこの一手ですか？　ほかにもあるのでしょうか」

「変わり麻の葉紋と、海老繋ぎ、それに番傘です。番傘は、賢輔どんの力作で、開いた傘が風に飛ばされている柄なんですよ。明日にでも、見本帖をお届けしましょう」

幸の返事を聞いて、菊次郎は「番傘いうんは面白い」と小膝を打った。

「ああ、せや、ちょっと、ついといで」

菊次郎は立ち上がって暖簾を捲り、幸に手招きしてみせた。何だろう、と後について部屋を出る。

廊下伝いに歩いて、菊次郎は「覗いてみなはれ」と、大部屋の中を示した。

稽古終わりで、女形たちが着替えをしている。五鈴屋の藍染め浴衣を下に着て、紬を重ねて着つけていた。

「木綿は汗もよう吸うが、冬は温かい。あないして下に着て、重宝しますのや。そないなことは、あんさん、よう知ってはりますやろ」

ただなぁ、と菊次郎はにやりと笑った。

「ひとから見えんとこに、番傘の柄のもんを着てる、いうんはそれだけで心が躍る。ぱっと着物を脱いだその下に、粋な浴衣を纏っているだけで、男振りも女振りも上がったように思うやろ」

ええとこに目ぇつけはった、と菊次郎は呵々大笑した。

吐く息が白くなり、火鉢を出す季節になった。

明け六つと同時にお客が押し寄せることは、流石にないが、それでも五鈴屋の藍染めの浴衣地は売れ続けている。菊次郎の言葉通り、番傘の柄は特に好評を博し、手頃な贈り物として使われるようになったがゆえであった。さらには、浴衣地ではあるけれど、用途はそれに限られることなく、襦袢や湯文字に仕立てられ、纏われるようになった。見えないところを装うのは「江戸っ子好みの粋」であり、賢輔の望んでいた通り、「晴れやかな気持ちになる」と大層、評判になった。

結果、浴衣地は小紋染めの三分の一の売値にも拘わらず、これまでの売り上げは、小紋染めを商っていた頃の八割に迫った。まだまだ「橋を架けた」と胸を張るには至らないが、五鈴屋の浴衣地は確かに、江戸のひとびとの暮らしに根付きつつあった。

そろそろだろうか。

そろそろ頃合いではないのか。

お梅と梅松を除いて、花川戸の染物師宅と田原町三丁目の五鈴屋に住まう者たちは、内心、やきもきしつつ日々を送っていた。

「梅松さんがねぇ、このところ、暦ばっかり見てるんですよ」

冬至を迎えた朝、お才が山盛りの柚子を手に、顔を見せた。お梅の居ないのを確かめてから、声を低めて続ける。

「どうやら、天赦日を気にしてるみたいでねぇ。小梅を胸に抱いて、暦を見ちゃあ『甲子、甲子』と言ってましたから」

甲子、と繰り返して、幸はお竹や佐助たちと眼差しを交わし合った。

天が悉く成就に導く、とされる最吉日である天赦日。

四季ごとに一日ずつ設けられているが、冬のそれはまさに甲子であった。型染めを巡る天赦日の出来事を思えば、梅松の決心に期するものがある。

　当日は、何としてもお梅と梅松を会わせるべく打ち合わせをして、お才はいそいそと帰っていった。

「あと半月ほどだすなぁ」

　柱暦に目を遣って、お竹が焦れた声を洩らした。

　じりじりと待って、漸く迎えた、霜月十八日。今年、最後の天赦日である。

「お梅どん、お才さんにこれを届けて頂戴な」

　干し柿を竹皮に包んだものを差しだして、幸はお梅に遣いを頼んだ。

へぇ、とお梅は包みを手に、「小梅に会うて来ます」と、上機嫌だった。

「お梅どん、あんた、その形で行くつもりかいな」

　お梅を呼び止めて、お竹がその前掛けをはぎ取る。

「前掛けくらい、外して行きなはれ」

「何でだすのや、お竹どん。前掛けやったら、いっつもしたまま出かけてますがな」

怪体（奇妙）ななぁ、と首を捻りながら、お梅は出かけていく。

皆、仕事の手を止めて、お梅を見送りに店の表へと出た。

「よもや、五十九のお梅どんと五十五の梅松さんの縁組を、こないに望むようになるとは、私、思いもしませなんだ」

遠ざかるお梅の背を眺めて、豆七が溜息をつく。壮太がしみじみと、

「奉公人は皆、所帯を持つのが遅うおますよって、夢が持てて宜しおますなぁ」

と、言った。

暖簾を出してお客を迎え、忙しくしているうちに、昼餉時となった。お梅はまだ戻らない。案じていたところへ、お才に腕を引っ張られて、漸くお梅が戻った。少し遅れて、力造も現れた。

お梅はどうにもぼんやりした表情で、何も口を利かない。

だが、墨染めの紬を纏い、梅花を織り込んだ帯を巻いているお才と、常盤色の長着に墨染めの羽織を纏った力造を見て、主従は顔を綻ばせる。

「善は急げと申しますし、この時分なら、それほど商いの邪魔にならないのでは、と思いまして」

奥座敷へと通されると、改まった口調で前置きした上で、力造は畳に手をついた。

「七代目、うちの梅松さんと、そちらのお梅さんを、一緒にさせてやっておくんなさいまし」

ひと言、ひと言、噛み締めるように声を発して、力造は深々と頭を下げた。亭主に倣い、お才も幸に額づく。

「勿論です。こちらからも、お願いを申し上げます」

返事をする幸の声が弾む。

心配そうに廊下から覗いていたお竹と大吉が、大きく息を吐いた。

月下氷人となった力造お才夫婦と、幸との遣り取りを目の当たりにして、お梅は畳に突っ伏した。そして、誰憚ることなく、おんおんと声を上げて泣きだした。大変な泣きようで、見かねたお竹が奥座敷へと飛び込んで、

「あんたは子どもか」

と、叱りつけた。

「けど、けどなぁ、お竹どん」

お梅は泣きじゃくりながら訴える。

曰く、力造宅の物干し場で、梅松から「かみさんになってもらわれへんやろか」と切りだされた。もう赤子を授かる齢ではない、と断りを口にしたお梅に、梅松は小梅

を抱き上げて、「子どもなら、もう居てるやないか」と応えたという。

話を聞き終えて、お竹はぐっと歯を食いしばる。涙を零さぬよう懸命に堪(こら)えて、

「お梅どん、宜しおましたなぁ。ほんまに、宜しおました」

と、掠(かす)れた声で言った。

湯屋の脱衣場で、湯気を纏って藍色の花が一面に咲くのを見て、涙を零したお梅。その想(おも)いが報われたようだった。

女将さん、お竹さん、とお才は指で涙を拭って打ち明けた。

「随分とやきもきさせられましたが、梅さん、惚れ惚れするほどの男振りでした」

「確かに、大した男振りだった」

力造が大らかに笑っている。

寒の入りは明日、これから厳しい寒さが待ち受ける時節であった。しかし、五鈴屋では試練の冬を越して、梅松とお梅という二輪の梅の蕾(つぼみ)がほろりと綻ぶ。

遅咲きの梅の開花を皆に知らせるべく、大吉は店の間へと身を弾ませた。

治兵衛のあきない講座

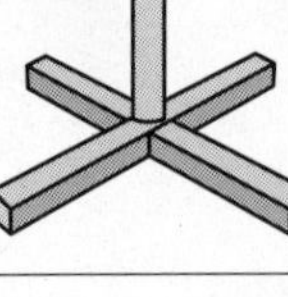

昨年からこちら、ほんに難儀な毎日だすなぁ。皆さま、大事おまへんやろか。気ぃ揉むばっかりの治兵衛ではおますが、少しでも息抜きして頂けたら、と願い、今回も講座を開かせて頂きますで。ほな、参りまひょ。

一時限目　着物今昔

着物の丈は男女で違うのですか？　いつからそうなったのでしょうか。

治兵衛の回答

江戸時代初期に描かれた「江戸図屏風（びょうぶ）」「江戸名所図屏風」などを見れば、男女とも着物の丈は「つい丈」、つまり身丈と同じだったことがわかります。男性の着物は、その後も変わらず、今に至るまで「つい丈」のままです。しかし、女性の着物に関しては、江戸時代中期以後、丈が長くなり、室内では引き摺るようになりました。外出時には、裾が邪魔にならないようにたくし上げ、「抱え帯」と呼ばれる、柔らかな紐（ひも）を締めました。既刊の表紙の幸も、この「抱え帯」をしています。今は、腰の辺りで着物をたくし上げて「おはしょり」を作り、その上に帯をしますが、この形になったのは、明治時代とされています。

二時限目　上納金について

江戸時代、五鈴屋のように上納金を命じられる商人は、本当に居たのですか？

治兵衛の回答

江戸時代に幕府が財政上の不足を補うため、町人らに金銀の上納を命じたのは事実です。上納金とも御用金とも呼ばれますが、公に幕府の「御用金」の初見とされるのは、宝暦十一年（一七六一年）。この時は大坂町人二百五人に対し、百七十万三千両が要求されました。ただし、それ以前から、町人がおかみより金銀の上納を命じられる例はありました。「上納金」も「御用金」も、本来は国の借金であり、利子を付けて戻されるもの。しかし、利子どころか、満足に返済されないことも多かったのは、第八巻で描いた通りです。五鈴屋も踏み倒されそうな予感……(泣)。

三時限目　弥右衛門先生

第八巻、第九巻に登場した「弥右衛門先生」が気になります。描く際に参考にした人物はいますか?

治兵衛の回答

幸の生まれ故郷の津門村は、現在の兵庫県西宮市。執筆に際し、市史を調べる中で、学問が非常に盛んだったこと、飯田桂山といういひとが宝暦五年(一七五五年)、今津に「大観楼」という学び舎を開いたことを知ります。飯田桂山、通称、彌右衛門。酒造業を営む名家に生まれ、学問を志し精進を重ね、私財を投じて「大観楼」を開きました。桂山の謹厚篤実な人柄も相俟って、優秀な人材が集まり、優れた学者を数多く育てたと伝えられています。しかし、時の経過とともにその功績も埋もれてしまう。せめて作中に留めておきたく、「弥右衛門」として登場して頂きました。

「あきない世傳　金と銀」シリーズは「物が売れないと言われる二月八月に刊行させて頂こう」と、当初から決めておりました。昨年はコロナ禍で第九巻の発売が一か月遅れてしまい、えらいご心配をおかけしました。堪忍しておくれやす。今もなお、辛い思いをしてはるひとも多いことと存じます。「縁と月日」いう言葉もおますよって、何とか踏ん張って、ともに乗り越えていきまひょな。

お便りの宛先
〒102-0074
東京都千代田区九段南2-1-30イタリア文化会館ビル5階
株式会社角川春樹事務所　書籍編集部
「あきない世傳　金と銀」係

た 19-25

あきない世傳 金と銀 十 合流篇

著者　髙田 郁

2021年2月18日第一刷発行
2024年2月18日第四刷発行

発行者　角川春樹

発行所　株式会社 角川春樹事務所
〒102-0074 東京都千代田区九段南2-1-30 イタリア文化会館

電話　03(3263)5247［編集］　03(3263)5881［営業］

印刷・製本　中央精版印刷株式会社

フォーマット・デザイン＆シンボルマーク　芦澤泰偉

ISBN978-4-7584-4392-0 C0193

http://www.kadokawaharuki.co.jp/［営業］
fanmail@kadokawaharuki.co.jp［編集］ ご意見・ご感想をお寄せください。